# 季節のおくりもの

## 私の調心記

澁井展子



彩流社

# 目次

はじめに　7

〔春〕

さくら　10／海棠　11／感じるこころ　13／三つ子の魂百まで　14／人生の楽しみ　16
キャサリン・モーレ　18／ジャズリンゴ　20／最後の言葉　21／根付　23
リヤドロの人形　25／祖父母の存在　27／しだれ桜　28／あじさい　30
心に響くシャンソン　31／女優ジャンヌ・モンロー　33／雅楽　35／平凡な人生　37
十月桜　38／食育　40／新米の母と子　42／回向　44／桜の着物　45

〔夏〕

蓮の花　50／保津川下り　51／和菓子　53／子育てと薔薇の栽培　54／茗荷　56

きずあと　58／N君のこと　60／「無財の七施」　62／野生のイルカ　63
海からの贈りもの　65／薔薇の名前　67／音楽家アルゲリッチ　69
画家マルク・シャガール　71／理想のお手本　73／マリア・カラスの恋　75
三つのエピソード　77／日野原先生のこと　79／贈りもののコツ　81
南イタリア旅行　83／アマルフィ　85／ユーモアの効用　87／主治医のノルマ　89
ジャズのタイトル　91／ヴィトンの鞄　92

〔秋〕

薔薇に託す思い　96／もなか　97／こころのリセット　99／ヒマワリ　100
小さな旅　102／白秋の童謡　104／金木犀　106／人生の上級者　107／色彩感覚　109
トレンチコート　110／ハカ　112／ナイアガラの滝　114／神無月　116／流行作家　118
ダイアモンド　119／4低　121

〔冬〕

山茶花　126／梅の花　128／江戸椿　130／マリアの薔薇　131／写生のこころ　133
生き方の工夫　135／山茶花梅雨　136／グリーンフィンガー　138／酉の市　140
スノードロップ　141／あまりに陽水的な夜　143／人生の折り返し　145
恋人たちのための特別な日　147／美青年クロッカス　149／銀座ルパン　150

シェイクスピアの謎多き数年間　152／そうか君はいないのか　154／新聞と青年　157
ナタリー・コール　158／きよしこの夜　160
おわりに　163

# はじめに

人生には、時としてドラマチックなことが起きる。突然、信じられないほどの運の良さや幸せが舞い込むことや、想像もしてもいなかった不運や不幸に見舞われることもある。

でも、それらは、とても稀なことであり、ほとんどの日々は、淡々と平凡に過ぎていく。その静かで平凡な日々の連続が生きていくこと、すなわち人生の軌跡なのだろう。

静かで平凡な日々は、大きなことではなく、小さな、ささやかな、とるに足りないことの積み重ねで成り立っている。

だからこそ、日常で遭遇する、小さなこと、ささやかなものの中に、美しさや歓びや楽しみを見出しながら、毎日を大切に紡いで生きていきたいと思う。小さくてささやかなことに、癒されたり、救われたり、励まされたりしながら。

二〇〇五年の秋から、東京都医師会誌に毎月一編ずつエッセイを書く機会を頂いた。いつの間にか十五年もの歳月が経ち、それは今も続いている。ずいぶんと昔から書いているようにも、つい、この前から書き始めたようにも感じる。

この十五年間に、世界で、日本で、そして私の周りでも、さまざまなことが起こり、多くのことが変わった。

それなのに、私はこの長い間、相も変わらず、のんびりと、自分の周りの小さな世界のささやかな、とるに足りないこと、他愛ないことばかりを書いている。

例えば、庭の片隅でひっそりと咲いているスノードロップの花を見つけたこと、庭の柚子の実が例年になくたわわに実り美味しいジャムができたこと、最近、ジャズの歌詞をより深く理解できるようになったこと、さくらの花を年々愛しく思うようになったこと等々。

私には大切な、愛しいと思うこと、心を動かされることではあるけど、他の人にとっては、まったく役に立たない、つまらないことかも知れないと自分でも思いながら心のままに書いてきた。

今回、出版の機会を頂き、あらためて数えてみて驚いた。そんなふうに綴ってきたエッセイが、いつの間に百二十篇を超えていた。

十五年間もの間、自由に書かせて下さった東京都医師会と、応援して下さった編集委員の方々、そして読んで頂いたすべてのみなさまに感謝いたします。

# 春

# さくら

報道によると、今年の開花予想は三月二十三日、そして満開は三月の終わり頃らしい。

私のまわりには、さくらの花が好きな人が多いのだろうか。それとも、さくらの花に惹かれる年頃になったのだろうか。今年は、なんと四つものお花見の席から声が掛かった。

さくらを美しく眺めることができ、しかも美味しいお料理を堪能するためには、開花予想のずっと前から、そうしたお店を予約しなくてはならない。

当然、花期の予想がはずれることも多く、満開のさくらに出逢えることは難しい。しかし、それもまた、さくらの儚さを思わせて良いものである。

まだ寒さが残る頃から開花予想が報道され、さくら前線が日本列島を北上する様子がテレビで次々と伝えられる。

こんなにも愛され関心を集めている花は、さくらをおいて他にはない。

「さくら」の名称の、「さ」は田の神を意味する「田神《さがみ》」に、「くら」は、坐の意味に由来するという。このように「さくら」は、昔から田の神が美しい花となって現れたものと伝えられ大切にされて来たのだろう。日本人がさくらに魅せられるのは、農耕民族のＤＮＡに拠るものかもしれない。

心待ちにした「さくら」なのに、咲くとすぐに散ってしまう。満開のころには、決まりごとのように、雨が降り風が吹いて、短いさくらの生命をさらに短くしてしまうから。その散りゆくさまを惜しむかのように、花吹雪、花の塵、花筏、残花などの美しい季語がたくさん残っている。

昔は、張り詰めたような満開のさくらが好きだったが、最近は、はらはらと散りゆくさくらを、惜しんで愛でることも、また趣きがあって良いと思うようになった。

満開のさくらを謳った句では、高浜虚子の「咲き満ちてこぼるる花もなかりけり」や八十村路通の「肌のよき石にねむらん花の山」が、そして散りゆくさくらを謳った句では、中村汀女の「中空《なかぞら》にとまらんとする落花かな」や高屋窓秋の「ちるさくら海あをければ海へちる」に心惹かれる。

咲き始めたばかりのさくら、満開のさくら、散り始めたさくらと、それぞれの時期のさくらを、家族や親しい友人、そして仕事の仲間とともに楽しもうと思っている。

お花見の疲れを、「花疲れ」というそうな。しばし、花追い人となり幸せな疲れに酔いしれたいと願っている。

## 海棠《かいどう》

ついこの前までの寒さが嘘のように一気に春がやって来た。わが家の庭でも、待ちかねていたかのように、桜と桃と海棠が競うように咲き出した。

木に咲く花が好きで、子どもの手が離れた十五年ほど前から、梅、桜、山桃、海棠、ジューンアップル、レモン、カボス、花水木、百日紅、木槿などの木を少しずつ植えているうちに、いつしか一年中、何かの樹に花が咲いている庭となった。

一年で一度、数日間だけ咲く木々の花たちとの邂逅を、年々愛しく大切に思うようになっている。

世の中やわが家で何が起きても、そして日本の気候がどんなに変化しようとも、誰が見ていても見ていなくても、花たちは与えられた生命を静かに精一杯輝かして咲く。

最初の頃に植えた梅と山桃とレモン、カボスは、いつの頃からか、たわわに実を付けるようになった。梅はジャムで、山桃は甘酸っぱい果実を、レモンはジャムやジュースで、そしてカボスは鍋料理に添えて、それぞれ楽しんでいる。最近は、幼い孫たちとそれらの実を摘む楽しさも加わった。

危なげな手つきで目を輝かせながら摘んでいる様子は微笑ましい。

どの花にもそれぞれの良さがあるが、私は海棠の花に強く惹かれる。桜に引き続き咲き出すとされているが、わが家では毎年、ほとんど同じ時期に咲き始める。

何といっても淡紅色の花の色が美しい。そして開花前の蕾の風情が良い。紅色を帯びた蕾が何本も並んで細長い花柄の先に垂れ下がる姿は、とても個性的でどこかサクランボを思わせる。

紅い蕾は、開花すると徐々に色が薄くなる。その花色の変化にも独得な趣きがある。

花言葉の「美人の眠り」「艶麗」は、楊貴妃が酔って眠る姿を、海棠の花に喩えた古事に由来するとされる。唐の玄宗皇帝が、自分の呼び出しにほろ酔い加減で眠そうに現れた楊貴妃を見て、

「海棠の眠り未だ足らず」と言ったことから、中国では別名「眠花」とも呼ばれている。牡丹とともに最も愛されている花だそうである。

## 感じるこころ

三歳の孫娘との散歩は、最近の私の楽しみのひとつになっている。

道すがら、彼女は、季節ごとに変わる街並みの変化、たとえば、銀杏並木の葉がほんの少し黄葉し始めたことを目ざとく見つけ、「あの樹さん、お洋服の色が、ちょっと変わったね」と指をさしたり、広がる夕焼けの美しさに、「お空にきれいな大きな絵が描いてあるね。すごく上手ね」と拍手したりしている。

私より早く、道端に咲いている小さな花に気がついたり、アリの行列や草むらのカエルを見つけて歓声をあげたりする。視線の高さで、見える世界が違うことを改めて感じながら、小さな温かい手を握り、二人でいろいろな話をしながら、彼女の興味や関心に沿いながら散歩している。

海洋学者であり、作家でもあるレイチェル・カーソンは、「感じるこころ」である「センス・オブ・ワンダー」を「かけがえのないもの」として、次世代の子どもに引き継がせるべきだと唱えている。そしてそのためには、「知るこころ」が育ち、知識のカーテンが架かるまえに、「感じるこころ」である「センス・オブ・ワンダー」を体験させ育てることが大切としている。

自然の大きな世界に触れ、その不思議さに深い驚きや喜びや感動を覚える感性、「センス・オブ・ワンダー」は、幼児期の子どもこそが最も持ち合わせているものであり、この感覚が最も発達するのも幼児期である。

レイチェルは著書『沈黙の春』のなかで、「自然の美しさとそれに触れる喜びは、これから生きていくうえで、とても大切なことを教えてくれます。しかし、毎日のように見ることができる美しい光景を一度も見ることがない人がいるということも真実です。美しいものを素直に感じ、感嘆できる心を持ち続けることの大切さがそこにあります。地球の美しさと神秘を感じ取れる人は、人生に飽きたり、疲れたり孤独に苛まれることはありません。なぜなら、必ず、自分で内面的な満足感と生きていることへの新たな喜びを見出すことができるからです」と述べている。

私は、祖母として、そして小児科医として、孫娘が「センス・オブ・ワンダー」を培うための道先案内でありたいと願っている。

## 三つ子の魂百まで

「三つ子の魂百まで」の言い伝えは何を意味するのだろうか。

広辞苑には「幼い時の性質は老年まで変わらない」と記載され、「三歳までに人格の基礎となるほとんどの部分が形成される」と解釈できる。

この言い伝えには、「だからこそ三歳までの養育が重要である」という概念が含まれ、誰もが、幼いときの育てられ方や生活体験が、のちの人生に大きな影響を持つと考えている。それを証明するかのように、「三つ子の魂百まで」と同様な意味を持つ言い伝えは、ことばを変えて世界中で、絶えることなく言い伝えられている。

三歳までに学んだことは八十歳まで持ち続ける　（韓国）
三歳の子どもをみたら老後がわかる　（中国）
ゆりかごのなかで覚えたことは墓場まで持っていく　（米国）
漁師のところにいれば漁師、猟師のところにいれば猟師　（ミャンマー）
幼い頃に学んだことは石に刻まれたようなものだ　（ヨルダン）
ミルクとともに入るものは魂とともに出る　（ウズベキスタン）
子どものころに食べた蜜の味、いまだに舌に残る　（ケニア）等々

一九九〇年代から、ＭＲＩやＣＴ・ＳＰＥＣＴなど、人体に非侵襲な画像診断技術が進歩し、脳科学という新しい学問領域が急速に発展した。

これを受けて、一般社会でも「脳科学と教育」は一種のブームとなり、さまざまな育脳情報が溢れ、「三つ子の魂百まで」の言い伝えも、「三歳までの生育環境が一生を決める」と解釈され、早期

教育が盛んとなっている。

どうやら「三歳までに脳は急速に発達する」ことと、「乳児期には脳の各所が、脳の発達が経験や刺激によって最も発達する時期である感受性期を迎えるため、適切な刺激を与えることが大切である」ことが、その根拠となっているようだ。

しかし「三つ子の魂百まで」が意味する、三歳までを大事に育てることの意味は重要だが、三歳までに教育しないと取り返しがつかない、良い子どもには育たないという科学的な根拠はまだない。

乳幼児期の成育環境が子どもの発達に与える影響を実証するために最良の研究方法は、多くの乳幼児を長期間にわたり縦断的に追跡研究するコホートスタディであるが、「三つ子の魂百まで」の言い伝えは、多くの子どもの長期間の観察から生まれた洞察がその下地にあるという点においては、コホートスタディと共通すると思われる。

この時期は、一生にとって重要な時期であるだけに、早期教育で無理に知識を詰め込むことばかりを優先するのではなく、心豊かな人になるように情緒に満ちた愛着関係のなかで、子どもの心身の発達を見守ることこそが大切だと考える。

## 人生の楽しみ

年々、すべてのことが有限であることを実感するようになり、「やりたいと思うことは、先延ばしにしない」と思い始めている。

今年の初めに、「もう一度ピアノを弾こう」と決心した。五歳から十四歳ぐらいまでピアノを習っていた。当時は、親から勧められて、なんとなくレッスンに通っていたので、決して熱心な生徒ではなかった。先生から「ここは練習の成果を見せにくる場です。練習をする場ではありません！」と叱られた記憶があるくらいである。それから、なんと五十年ぶりの挑戦。

動機は、家人の大好きなショパンの「ノクターン第二番　変ホ長調　作品9の2」を、彼の古稀のお祝いに弾いてあげたいと思ったからだ。映画『愛情物語』でカーメン・キャヴァレロがテーマ曲として弾いていたあの曲だ。

早速二月に、まず中古のピアノを購入した。昔から憧れていたディアパソンの艶のある木目調のアップライトである。ピアノが届いた週から、週一度、ピアノの先生に付いて指導を受けている。

最初は楽譜を読むのにも苦労した。同時に左右の手で異なる音符を演奏し、次の楽譜を目で追うこともやっとだった。「これは究極の脳トレーニングかも知れない」と真剣に思った。昔は何気なく演奏していたというのに。あのころは、永い時間をかけて、少しずつ練習を積み重ねていたからこそ自然にできていたのであろう。

五十年間のブランクはあまりにも大きかった。まずは、四小節ずつ右手だけで弾き、次に左手だけで。そしてようやく両手で弾く。信じられないほど時間を掛けて、二カ月でようやく曲の半分まで弾けるようになった。

記憶力や集中力は落ちたが、あのころより、弾けるようになりたいという主体性や、単純な練習に耐えられる忍耐力、そして曲の構成を理解する力はある筈と自らを励ましながら、何とか一週間の練習ノルマをこなしている。熱心な先生の指導に応えようとする気持ちも支えになっている。練習できるのが、仕事や家の雑用が終わる夜の九時過ぎからなので、ヘッドホンを装着して夫に内緒で、ひっそりと弾いている。まるで「つるの恩返し」状態であるが、彼の古稀の誕生日には感謝を込めて颯爽と弾いて聞かせたいと思っている。

人生の楽しみが、またひとつ増えたようで嬉しい。

## キャサリン・モーレ

急に暑さが増してきた五月中旬。勢い良く伸びた長いシュートの先に、ピンクの大きな薔薇が見事に咲いた。

今年、庭で一番先に花開いたこの美しい薔薇の名前はキャサリン・モーレ。私が大好きな薔薇のひとつである。

ソフトピンクの大輪のカップ咲きで、たくさんの小さな花弁が花の中央でもつれるようにざわめいている花容は、とても個性的である。

ソフトピンクの優しい色合いには、得も言われぬ透明感があり、この色合いと中央で多くの花弁がもつれあう花容が見事に相まって、実に魅力的な雰囲気を醸し出している。

まるで勲章のような大きな薔薇が、俯いて咲く様子は、たおやかで女性的であり、ティーローズのほのかな香りを周りに漂わせている。

イギリスのデビット・オースチンが一九九〇年代に生み出したイングリッシュ・ローズ。オールド・ローズの完璧な花容と芳醇な香り。そして、モダン・ローズの花色の明るさと反復して開花する性質。この二つの特長を併せ持つように開発されたのがイングリッシュ・ローズである。なかでも、キャサリン・モーレの色合いと香りは特別とされている。

暑さにとても弱く、朝方は、さわさわと風に揺れているのに、日中の強い日差しのもとでは、すぐにしわしわと萎れてしまう。そして、暑さが続くと、途端に深く美しかった花のカップは浅く平坦となり花容を変えてしまう。高温多湿な日本では、美しいカップ咲きを堪能できる時期は、初夏に咲く一番花か、せいぜい二番花まで、そして秋のわずかな戻り咲きの時期に限られてしまう。日本の猛暑では、美しい花容を永く楽しむことは困難であり、それゆえに美しく咲く様子が、とても大切で愛しい。

このイングリッシュ・ローズの名花には、エリック・モーレ夫妻がチャリティー・オークションで、この薔薇の命名権を落札し、十八歳で夭折した令嬢の名前を付けたというエピソードがある。この花のどこかに、大切な令嬢を想わせる何かを感じたのであろうか。

そしてそのキャサリン・モーレの薔薇は、今も多くの人々に愛され、見事な花を咲かせながら生き続けている。

## ジャズリンゴ

国産のリンゴが品薄になる六月から八月にかけて、南半球で作られたリンゴが日本に輸入される。今年も梅雨入りが報じられた昨日、ニュージーランド産の輸入リンゴであるジャズリンゴがスーパーの店頭に並んでいるのを見つけた。

輸入リンゴと国産リンゴの違いは、大きさでひとめで分かる。ジャズリンゴは、小さな子どもでも手のひらですっぽりと包めるほどの大きさで、男性なら片手で二個をヒョイと持つことも可能である。調べたら、輸入リンゴの平均重量が一五〇〜二〇〇グラムぐらいであるのに対し、国産リンゴの平均重量は三〇〇〜四〇〇グラムくらいらしい。そのため一個まるまる齧っても果糖の摂取カロリーが抑えられるのも嬉しい。

コンパクトで軽いので、何かをしながら片手で持って齧るのにぴったり。大のリンゴ好きの私は、さっと洗って、本を読みながら、音楽を聴きながら、さらにお料理を作りながら楽しんで齧っている。

食感は割と固く歯ごたえがあるが、果汁が豊富で酸味と甘みのバランスが絶妙である。「丸かじりで皮も食べれば、皮と果肉のあいだに存在する水溶性食物繊維が充分取れるので健康的」であることを、丸かじりのお行儀の悪さの言い訳にしている。

ジャズリンゴは明るい赤色であるが、ところどころ赤と黄色の色むらがあり、それぞれが違う表情をしていて可愛い。日本のように丁寧に葉を摘み、果実全体に日光を均等に当て、むらなく着色させるような手間をかけないため、葉に日光を遮られた部分が黄色となり色むらを生むらしい。

価格が安いことも嬉しい。日本のリンゴが個別に専用の発泡スチロールの緩衝材などで保護されているのに対し、ジャズリンゴは大きな紙袋や箱に無造作に入れられて売られている。

しかし、ニュージーランド産のジャズリンゴには必ず一個ごとに「JAZZ APPLE NEWZEALAND」と記された小さな青いシールが貼られている。生産者は、ライセンス契約による自然の生産方法に誇りを持っているのだろう。

JAZZは商標名だそうだが、「交配により生まれた酸味と甘みのコラボレートの見事さが、JAZZの素晴らしいセッションを想起させるため」と勝手に想像している。

正式名は「サンフレッシュ」という。

## 最後の言葉

沖縄で開催された国際学会に出席する家人に同行した。滞在したホテルはぜひとも訪れてみたかったザ・ブセナテラス。

あいにくの曇り空ではあったが、それでも碧く輝く海、心地よい風、ホテルを囲む緑の中に点在するハイビスカスやプルメイラの花々など、六階の部屋のバルコニーから眺める景色は、日本にいることを忘れてしまう南国のものだった。

テラスで風に吹かれながらのんびりと読書をしていると、階下からジャズが流れてきた。身を乗り出すと、大きな夕陽に赤く染まり始めた空のもと、プールサイドでサックスを吹いている人が遠くに見えた。

昔、旅好きの友人が、このホテルでは夕刻にサックスの音が流れて旅情を掻き立てられると話していたことを思い出していると、突然、高校時代の友人から、「元気？　スティーブ・ジョブズの最後の言葉をネットで見て！」のメッセージが携帯に届いた。

一時間ほどの演奏を独りでゆっくり楽しみ、部屋に戻りネットで調べてみると、アップル社を創立したスティーブ・ジョブズが、死の間際に残したことばがいくつも掲載されていた。

「仕事を除くと喜びの少ない人生だった。人生の終わりには、富や名誉など、私が積み上げてきたものは人生の単なる事実でしかない」

「私がずっとプライドを持っていたこと、認められることや富は、迫る死を目の前にして、色あせていき、何も意味を無さなくなっている」

「今、やっと理解したことがある。人生において十分にやっていけるだけの富を積み上げたあとは、富とは関係のない他のことを追い求めたほうが良い。それは、人間関係や、芸術や、または若い頃からの夢かもしれない」
「私が勝ち得た富は、（私が死ぬときに）一緒に持っていけるものではない。私が持っていけるものは、愛情にあふれた思い出だけだ。これこそが、本物の豊かさであり、あなたとずっと一緒にいてくれるもの、あなたに力を与えてくれるもの、あなたの道を照らしてくれるものだ」
「あなたのために、ドライバーを誰か雇うこともできる。お金を作ってもらうこともできる。だけど、あなたの代わりに病気になってくれる人は見つけることはできない」
「物質的なものはなくなっても、また見つけられる。しかし、ひとつだけ、なくなってしまっては再度見つけられないものがある。人生だよ。命だよ」

死の間際、人はみな同じような思いを抱くのだろうか。

さっきまでの夕陽の輝きはすっかり失われ、バルコニーからの景色は真っ暗な夜の静寂さに包まれていた。

## 根付

素敵だなぁと思っている歳上の女性がいる。とてもお洒落な方で、自分に似合うこと、似合うものを知り尽くし、スーツも着物も自分流に着こなされている。

七十歳を幾つか超された今も、あでやかで美しく、彼女がいるだけで、その場がパーッと明るく華やいでしまう。家族や周りの人への気の配り方がとても行き届いているのに、それをさり気なくこなされている。そして他人との距離の保ち方がお上手である。もちろん、ご主人との息の合わせ方もお見事で、お互いを思い合っていることが、お二人の様子から自然と伝わってくる。お料理、ピアノ、茶道、書道、そしてヨガを長い時間を掛けて自分のものにしながら、楽しそうに人生を謳歌している。最近でも、ふと思い立つとオペラを鑑賞するために、急に一人でヨーロッパに出掛けたりして、その行動力が小気味良い。こんな見事な歳の重ね方を見せて下さる方が、人生の傍らにいることは、とても心を豊かにしてくれる。

先日、二人でご一緒にお食事をする機会があった。彼女は、薄い藤色の着物に、黒地に白い椿が鮮やかに描かれている粋な帯を締めていた。その着こなしは、いつもながら見事だったが、私は、椿の帯に提げられていた根付に見入ってしまった。猫が伸びをしたデザインの象牙の根付は、実に洒脱で、彼女の醸し出す雰囲気になんとも似合っていた。

江戸時代、人々が着ていた着物にはポケットがないため、お財布や印鑑、煙草入れ等を、紐で帯に吊るして持ち歩いていた。帯から滑り落ちないように紐に結ばれた品が、根付の由来とされている。

最初は、実用性から生まれた根付であったが、その後、さまざまな工夫がされて、立派な装身具や美術品となっていった。小さな美しいものを愛しみ、生活のなかで楽しみながら使い、徐々に完成させていくことは、日本人の気質や心情に適ったことなのだろう。

彼女から根付としての条件を教えていただいた。まず、紐を通す穴が空いていること。そして手にとって眺めたとき、上下、左右、裏表のどこから見ても完成されていること。この二点らしい。その点が、小さい彫刻品や美術品との違いであり、現代では、素材やモチーフによって多種多様な根付が存在し、外国にもコレクターがいるとのこと。

ふと、透かし彫りの菖蒲が施された丸い象牙の根付を好んで身に付けていた、祖母の懐かしい着物姿が思い出された。

何でもない小さな出来事や小さな愛しいものが、毎日を、そして人生を楽しくさせてくれる。これからも、彼女から人生を楽しむ術を学びたいと願っている。

## リヤドロの人形

わが家では、玄関のドアを開けると正面に小さな飾り棚があり、そこにリヤドロの人形が置いてある。白いドレスを身に纏い、髪に小さな花飾りをつけた少女像である。リヤドロの淡い色彩が幼い少女の可憐さ、愛らしさを際立たせている。少女の背中からは、蝶のように大きな四枚の羽が生え、その羽にも白いドレスのそこここにも、小さな蝶がいくつもとまっている。少女自身も、いまにも飛び立とうとする躍動感に溢れている。

このリヤドロの少女像は、四年ほど前に嫁いだ娘から贈られたものである。ウエディングドレスの最終的な仮縫いに一緒に出掛けた日のこと、当時、後期研修中で、病院の寮に住んでいた彼女は、次の日の早朝カンファレンスの準備のために、夕食を終えるとそそくさと帰って行った。「あと一カ月で結婚式だというのに……」と少し寂しい気持ちになった私だったが、食卓にデパートの袋が置かれていることにふと気づいた。中にはこのリヤドロの少女像が包まれていて手紙が添えられていた。

そこに書かれてはいなかったが、彼女がわが家から飛び立とうとする自分の気持ちを人形に託していることがすぐに解かった。

改めて、彼女が新しいステージに旅立つことを実感し、「もう、二度と一緒に暮らすことはないのだなぁ」と、寂しさに胸が詰まった。

しかしその後、大学院に進んだ蝶は、四年のあいだに二回も産卵のためにわが家に戻ってきた。

産休に入るぎりぎりまで、外来や手術や研究をこなし戻ってきた彼女は、わが家では、ゆっくりと羽を休めて、最初は女の子の、三年後には男の子の母親となった。

再び一緒に暮らすことになった出産前後の三カ月あまりは、それまでの家人と二人だけの静かな大人の暮らしとは大違いで、賑やかで大忙しの日々ではあったが、幸せで満ち足りたものだった。

私が外来を終えて帰宅すると夕食が準備されていることが何回もあった。母親としても人としても少しずつ成長した娘を感じられて嬉しかった。

娘一家が帰り、再び静かな大人の暮らしが戻ってきたことも、また嬉しい。

# 祖父母の存在

昨年の桃の節句の前日。私は祖母という存在になった。初めての孫は、それは元気な女の子で、義理の姉からは「桃の節句を一日外して産まれるなんて！　あなたの孫らしい」とのコメントが寄せられた。

医師であり、大学院在学中の長女は、千葉で育児と勉強と大学の外来にと奮闘している。彼女の夫は、同じ大学の外科医ではあるが関連病院に派遣中である。まだ若いので、土日は当直かオンコールのことが多いらしく、週末になると、娘は孫を連れてわが家にやってくる。一時間半近くも子どもを負ぶり、手には重い荷物を持って。

孫にとっての祖父母とは、どんな存在であり、どんな意味をもつのだろうか。娘や孫娘が、訪ねて来てくれることを喜びをもって受け入れてあげたいと思う。孫にとって、両親の実家、つまり双方の祖父母の家は、「特別に親しい場所」として記憶に封印されることと思う。双方の実家で、その家のもつ雰囲気、家具調度の趣き、献立や味付け、家族の会話の様子、時間の流れが、それぞれに違うはずである。大人にとっては何でもないことでも、子どもの柔らかい感受性にもたらす影響は大きい。四人の祖父母が、それぞれの行動や会話を通して孫の心の中に刻んでいく思い出は、子どもが成長するにつれて、さまざまな場面で触発され浮かび上がってくる大事な財産になるのではないだろうか。私も母方の祖母に浴衣を縫ってもらったり、一緒に梅干しを干したりしたこと、祖父にお祭りで肩車をしてもらったことなどを季節になると思い出す。若い両親に比べ、祖父母には豊富な経験と知恵からくる、ずっしりとした存在感があり、人を包む包容力、年齢の持つ安定感がある。なにより、のびやかで無条件な気持ちで孫を受け止める余裕がある。

「祖父母講座」なるものをカルチャーセンターの広告で見るが、祖父母の存在の意味は、子どもが自らの感性で感じ取っていけばいいと思う。自然な交流の中で異なる世代の祖父母から受け取ったものが、成長と共に、その意味が理解でき心の財産になるはずだ。成熟した大人の暮らしを感じたり、そこでしか味わえない「食の思い出」や日常生活では使われない美術品や骨董品の存在を体験したりすることは、いずれは子ども時代の思い出を奥深いものにするように思う。

## しだれ桜

五月初旬、家人と二人で東北へと小さな旅をした。念願のしだれ桜を観るために。東京駅から「こまち」で三時間あまり、角館の小さな駅を降りて歩くこと十五分。

広い通りに沿って両側に黒い塀が続き、屋敷構えや門、蔵などが、いかにも武家の町の風情を感じさせる武家屋敷通りが現れた。

そこには、しだれ桜の大木が、今を盛りと見事な景観を作りあげていた。何百本もの桜の枝が、両側の黒塀にしだれで咲いているさまは圧巻であり、しなやかに伸びたその枝には、白からうすい淡紅色を帯びた無数の花びらが、細くしなるように連なっていた。

武家屋敷の門、蔵、黒塀などが醸し出す質実剛健な佇まいと、周囲のひんやりとした空気、そして真っ青に澄んだ空とが、咲き誇るしだれ桜をさらに美しいものとしていた。

樹齢三百年にも及ぶ角館のしだれ桜。現在存在する約四百本のしだれ桜のうち、一五三本もが国の天然記念物に指定されている。日本では、多くの桜が天然記念物に指定されているが、しだれる桜が国の指定を受けることは少ないという。それは、樹高が高いこと、そして無数に群れて咲く景観が評価されてのことらしい。シダレザクラという品種は桜にはなく、エドヒガンザクラがしだれになったとされている。武家屋敷通りの九割の桜が、このエドヒガンザクラの変種である。

本来、上に向かうはずの桜の枝が下に垂れるのは、枝の先の部分の細胞分裂が早く進むために重みが増し、自然と枝が下に向いてしまうかららしい。

一六六四年に、京都の公家である三条西家の姫君が、角館の佐竹北家の二代目義明に輿入れする際に、嫁入り道具の中にあった三本の苗木が、角館の桜の起源と伝えられている。そのしだれ桜を愛でた藩主がまず重臣に分け与え、それが次々と家臣に拡がっていった。拝受した家臣たちは、その成長ぶりを藩主に見せるために黒板塀の近くに植えて大切に育て上げた。そして長い年月をかけて、町中にしだれ桜が受け継がれ、今の角館の見事な景観に至ったとされている。

秋田の藩士であり、優れた国学者でもあった益戸《ますど》滄洲《そうしゅう》は、角館の門弟を訪ねた際、このしだれ桜を眺め、「千百の糸を垂れている桜は、その長きこと百尺、霧を帯び雲を裁って下にむかう、恰も万片の雪が軽く綿の様に風前に舞い、又千仞の飛瀑が大空にひるがえって半天にかかる」と形容している。

## あじさい

街のそこそこに、紫陽花の花を見かける季節になった。路地裏の思わぬところにも、この花が咲いているのを見るにつけ、改めて日本人の好みに合う花なのだなと一人で思ったりしている。あじさいを詠んだ歌はたくさんあるが、藤原俊成の「夏もなほ心はつきぬ　あぢさゐのよひらの露に月もすみけり」の歌からも、日本人のこの花に寄せる想いが伝わってくる。

「あじさい」の名の由来は「藍色が集まったもの」という意味の「集真藍《あづさい》」からきているといわれている。昔の日本人が持っていた繊細な感性と豊かな表現力に感嘆してしまう。

学名のHydrangea（ヒドランジア、ハイドランジア）には「水の入れ物、水の容器」との意味あいがあるそうだが、これもまた梅雨の頃、細い雨に打たれながらそれを受け容れて咲く「あじさい」の風情に似つかわしい名称である。

花びら（実は「がく」であり修飾花であるが）の色は時の移ろいとともに、目まぐるしく変貌する。

わが家のあじさいは蕾の頃は瑞々しい緑色であるが、まず白色に変化する。そして花がほころぶのにつれて色づき、うすい水色となるがやがて薄紅色を帯びる。最盛期に近づくにつれて花の色も濃さを増して花全体が紫色へと変化していく。見るごとに変わっていく花色の様子は「七変化」を見ているようで愉しい。

　四季の変化を愛する日本人の感性は、この花の「色の七変化」のなかに、「時の移ろいの早さ」と「命あるものの儚さ」を感じ、「走馬灯のように過ぎゆく人生」を重ねているのかも知れない。

## 心に響くシャンソン

　五月だというのに、雨ばかりの憂鬱な天気が続いていた。九日の夕方も外来を終え、外に出るとやはり小雨が降っていた。先程までの診療モードをさっと切り替えて、急ぎ足で青山へ向かった。

　表参道から少し路地に入ったレストラン「テアトロスンガリー」で加藤登紀子のシャンソンを聴くためだ。翌十日に彼女のシャンソン・アルバムが発売されるので、それを記念しての小さなディナーコンサートであった。会場に着くと前夜祭的な雰囲気もあり、永六輔さんや松本零士さんらの顔も見られた。

　彼女が東大生であった二十歳の頃、日本のシャンソン・コンクールで優勝し、ご褒美でパリ旅行したことは良く知られている。限られた歌詞のなかに、人生感やさまざまな思いがドラマのように込められたシャンソン。同じ曲でもそこに歌い手の解釈や思いが映り、さまざまなニュアンスが加えられる。聴く人の年齢やそのときの心境によっても微妙に違って心に響く。医学生の頃はシャンソンに心惹かれて、今はなき「銀巴里」にずいぶんと通いつめたものである。だが、その後は勉強や日常に追われすっかり遠ざかっていた。だからこそ加藤登紀子が長い人生体験を経て、今改めてシャンソンに向き合おうとしていることに、とても関心があり楽しみにしていた。

その夜の彼女はなんとなく、気分が高揚しているようにも見えた。曲のあいだに、彼女らしいエスプリの効いたおしゃべりを挟みながら、今回のアルバムに収められた十四曲のシャンソンをすべて歌い切った。

十四曲のすべてを、自分で日本語に訳したそうだが、それはフランス語からの単なる直訳ではなく、曲の内容をまず自分のなかに納め、そこに人生観や感性を映しながら、自分自身の言葉として紡ぐように意訳し、聴き手に投げかけていた。

懐かしい「聞かせてよ愛の唄を」「枯葉」「行かないで」「さくらんぼの実る頃」「バラ色の人生」「愛しかない時」などの名曲が、彼女によって新しく蘇った感があった。その訳詩と歌い方から、人生のさまざまな局面を、自分でしっかりと捉え、考え、感じながら逃げないで切り抜けてきたであろう彼女の人生が感じられた。

百年以上も前にフランスで作られたシャンソンの曲であるのに、今も自分に重ね合わせ深く共感できるのは、めまぐるしく変わりゆく時代の流れのなかでも人間の本質や感性は、昔も今もそう大きくは変わらないということなのだろうか。昔、一緒に「銀巴里」に通いつめた二十年来の仲間たちと過ごした素敵な夜であった。

## 女優ジャンヌ・モロー

フランスの女性は、まず女性であり、次いで妻であり母親であるといわれる。そして自分の持つ個性をとても大切にしている。だからであろうか、フランスには、ただ美しいだけでなく、自立した個性的で魅力的な女優が多い。

栗色の髪、大きな瞳、そして両隅がやや下がった肉感的な唇と印象的な強い視線を持つジャンヌ・モローもそうした一人である。グラマーでもなく、絶世の美女でもないが、実に個性的な魅力に溢れ、「黒のマドモアゼル」の愛称で、今も多くの人々に愛されている。

『雨のしのび逢い』での、美しく退廃的な自分を持った女性、『エヴァの匂い』での魅力的な悪女ぶりは、今も目に焼き付いている。

しかし彼女を一躍有名にしたのは『死刑台のエレベーター』であろう。夜のシャンゼリゼを彷徨う、ジャンヌ・モローの迫真の演技を、マイルス・デイヴィスのトランペットの響きとともに、想い出す人も多いのではないだろうか。

『恋人たち』は、当時の恋人、ルイ・マルが監督であった。彼女はその撮影に際し、「このベッドシーンを上手に演じたら、監督としてのルイ・マルは私を評価するだろうが、恋人としての彼は私から離れていくだろう」と予想しながらも、見事に演じ切り、実際、その通りの結果になったという。

自分の恋の行方を客観的に見極めながらも、男に媚びず自らの意志に従って行動し、その結果を潔く引き受けるとは、いかにも自立した大人の女性らしい。しかし、そのエピソードには少しばかりの哀しさと切なさが伴う。その後もフランソワ・トリュフォー、ミケランジェロ・アントニオーニ、オーソン・ウエルズなどの名監督に次々と起用され、その期待に応えながら大女優へと成長していく。それは、容姿だけに頼るのではなく、若い頃からコンセルヴァトワールで演技を学び、当時のフランス演劇界のエリートである国立民衆劇場の中心的女優として、常に演技力を培ってきた不断の努力の賜物であろう。登場するだけでオーラを放ち観客を魅了する美人のスター女優は、容色の衰えと共に魅力が色あせていくが、彼女のように演技力も併せ持つ女優は、それぞれの年齢に応じて、さまざまな役柄を演じることが可能なのだろう。

現在、八十五歳になる彼女だが、二〇〇五年の『ぼくを葬る』など、今も出演依頼が後を絶たないという。そんな彼女は、二回の結婚生活を経て、今は、独りでパリの凱旋門のアパルトマンに暮らしている。

数年前、何かの雑誌のインタビュー記事で見たその部屋は、決して豪華なものではなかったが、趣味の良い調度家具と温かそうな暖炉、そして四方の壁を埋め尽くすほどの無数の本に囲まれていて、彼女の知性と共に、老いや死に対する潔い心づもりが感じられた。

そのときのインタビューでの彼女の言葉も深い。「孤独もまたプレゼント。大切な友達。私はここで、独りで住むことを選んだの。人生は手入れすべき庭のようなもの。これからも自分の庭を美しく手入れしていきたい」と。暖炉の上には、母親の写真とベランダで自分が育てている薔薇とが飾られていた。恋にも仕事にも精一杯生きてきた彼女ならではの言葉であろう。

## 雅楽

私の住む街に、知る人ぞ知る美味しいパテ屋さんがある。鬱蒼とした木立に囲まれた古い大きなお屋敷の奥に、小さなそのお店はある。すぐ横に設けられた木製のデッキを数段登ると、昔は応接間だったと思われる風情のある部屋で軽食を摂ることができる。

古いジャズが静かに流れるその部屋は、広い庭に向けて大きなガラス窓が解放されていて、木々の枝を揺らす風の音や、小鳥の囀り、刻々と変化する木漏れ日の様子を感じることができる。

一瞬、都会に居ることを忘れて、まるで軽井沢にでも居るかのような錯覚に襲われる。時折、家族や友人と一緒に、あるいは一人でこっそり訪れている、内緒にしておきたい店である。

五月の日曜日。そこで小さなコンサートがあった。ゲストは東儀秀樹さん。彼も、三十人ほどの聴衆も、ほとんどが近隣の方々で、このお店の常連のようであった。

東儀さんが、予めいろいろな楽器を自身で演奏し、それをシンセサイザーで編曲したテープをバックに流しながら笙《しょう》と篳篥《ひちりき》で、さまざまなジャンルの曲を演奏してくれた。彼の雅楽についての解説から、「笙は十七本の竹から構成され、一度に五〜八の音階を出すことが可能で、呼吸により長い時間、音を持続できること、シルクロードで発生した楽器でありパイプオルガンのルーツであること、その音色は、天から差し込む光、音と例えられ、その形は鳳凰が翼を畳んでいる姿に似ていること」を知った。

そして「篳篥は、葦《よし》で製作され、謳うようにうねり、抑揚を効かせることが可能な楽器で、人の声のようであり、地上の音と例えられている」ことも。

黒い細身のパンツと仕立ての良い白いシャツを颯爽と着こなし、五十四歳とは思えない若々しい体型と身のこなしで次々と精力的に演奏しながら、合間に洒脱で楽しいトークを交えてくれた。

篳篥でのバッハの「Ｇ線上のアリア」は、ロック好きな彼が、アップテンポにアレンジしたもので、それまで聴いたものとはまったく違う印象を持った。笙での即興的な演奏のあとは、篳篥での「ムーンリバー」。まるで人が謳うような、囁くような抑揚の効いた切ない音色が印象深かった。最後は予め収録していた二胡と笙との合奏でトゥーランドット「誰も寝てはならぬ」であった。オーケストラで聴くのとはまったく異なり、静かに優しく心に沁み入るような演奏であった。これらの二つの楽器の音色は、日本人の細胞に届きやすいのかも知れないと感じた。

宮中で雅楽を演奏するときは、伝統に則り古典どおりにきっちりと行うことを心掛け、それ以外の場面では、雅楽の楽器でさまざまなジャンルに大胆に挑戦したり、他の楽器とのコラボを行うなど、音楽を自由に謳歌することを心掛けているそうだ。

そのように切り替えることで、古典の良さをより深く理解し演奏に真摯に向かうことができ、また音楽の新しい領域への挑戦に、より自由な発想で臨めると語っていた。参考にしたい考え方である。

近隣の方が主催したこの小さい贅沢なコンサートの収益は、東日本大震災に遭遇した子どもたちの心のケアのために寄付される。もちろん東儀さんはボランティアでの参加であった。

## 平凡な人生

数カ月前の読売新聞の「編集手帳」の欄に心惹かれる記事が掲載されていた。思わず切り抜いて、そっと診察室の机の引き出しに忍ばせている。

井上靖が自分の子どもに贈った詩である。

「愛する人に」
人の人生は、洪水のように大きく激しい流れでなくていい。
清水のようにあの岩陰の

人の目につかぬ滴りのように
清らかに、ひそやかに、自ら煌いて
生きて貫いたい。

歴史に造詣が深く、非凡な人物の人生を壮大なスケールで、いくつもの小説に仕立てた井上靖だからこそ、その簡潔なフレーズが胸に沁みる。

意外とも思える、その簡潔さのなかにこそ、氏が子どもに伝えたい人生観があり、人間として大切にして欲しい思いが込められている。

自ら煌いて生きていくことは容易なことではない。それには人としての自立と自律が求められる。ましてや岩陰の清水の滴りのように、ひっそりと絶え間なく努力することは難しい。

平凡な人生こそ、不断の努力によって築かれるものであろう。

## 十月桜

「寒さが厳しい年の桜は、きれいで長く咲く」というのは俗説であろうか。

今年の桜との出会いは、なんとまだ肌寒い二月。田園調布医師会の敬愛する先輩の女性医師が引退されることになり、同じく開業する私たち後輩の女性医師四人が食事会を催した。場所は南麻布の「分とく山」。有名な日本料理人、野崎洋光氏の店であり、二〇〇九年、ミシュランガイド東京で星ひとつを獲得している。

気のおけない先生方と、美味しい料理、弾む会話を楽しみながら、ふと窓の外に目をやると、まだ二月だというのに、なんと三分咲きの桜がライトアップされているではないか。どう目を凝らしても、うす桃色の桜としか映らない。

なんとも気になり、見送っていただいた折、野崎氏に尋ねると、「十月桜という名の桜で、三分の一が十月から、残りの三分の二が二月頃から咲き出す。二度咲きの品種で、夏にもほんの少し咲く年もあります」と教えて下さった。この花を愛する長年の友人である長嶋茂雄氏から、開店記念にとプレゼントされたとのことだった。

医師としてはもちろんのこと、妻としても母としても見事な生き方を示され、いろいろとご指導いただいた大切な先輩を送る夜に、この貴重な桜の存在を知ったことは、きっと忘れられない思い出になることと思う。

そして今は四月上旬。クリニックの前の桜並木は、寒さが厳しい年の桜はきれいで長く咲くとの説どおり美しく満開である。往復の道すがら、そして昼休みのそぞろ歩きと、桜三昧の日々を過ごしている。二月の十月桜に始まり、こんなにも長いあいだ、美しい桜を楽しむことができた年は初めてである。

桜の木を見上げながら、長嶋氏の博識と粋なはからいに、ひそかに感謝している。あの会食のあと、さっそく十月桜の苗木をあちこちと探してとうとう庭に植えてしまった私である。

## 食育

二〇〇五年に食育基本法が成立し、「食」を通して子どもを健やかに育もうとする「食育」の概念は最近、小児科領域でも良く取り上げられるテーマになっている。「食」は人にとってかけがえのないものだが、子どもにはなおさら大切な問題だと思う。

栄養素やそのバランス、カロリーの問題が、子どもの成長や成熟に大きな影響を及ぼすことはもちろんだが、最近の子どもの「食育」に関する大きな問題点として、「食の摂り方」すなわち食事をするときの状況や食卓の光景が挙げられる。

テレビ番組の「料理の鉄人」などで知られる料理家の服部幸應氏は、食育の研究、普及に積極的に取り組み活動している。子どもを健やかに育む「食育」を成功させるための大事なポイントとして、六つの「こ食」をなくすことを挙げている。

「六つのこ食」とは

(1)孤食　家族がいない食卓で一人ぼっちで食べること

(2)個食　家族がそれぞれ自分の好きなものを食べること

(3)固食　自分の好きな偏ったものしか食べないこと
(4)小食　いつも食欲がなく、少ない量のしかもバランスが悪いものを食べること
(5)粉食　パンを中心の粉を使った主食を好んで食べること
(6)濃食　調理済みの加工食品やマヨネーズ、ケチャップなど味の濃いものを好むこと

である。

このような食事が成長期に毎日続けば、子どものこころと体の発達に問題が生じてしまう可能性が生じる。

現代では、両親がそれぞれに仕事を持ち、子どもが遅くまで塾通いや習い事がある家庭が増えている。そして子どもが取りあえずの空腹を満たすことが、林立するコンビニやジャンクフードの店の存在により容易にできるようになった。

私が子どもの頃は、季節ごとの素材を母親が心を込めて調理し、その料理の出来上がりを空腹を我慢しながら待ったものだ。そして家族全員が揃って、みんなで同じものを食べながら、一日の出来事について会話を交わす楽しい食事の時間があった。自分の好きなものばかりでなく、家族の好きなものが順番に並ぶ食卓に、母親の愛情や工夫が感じられた。食事をしながら母親は何気なく子どもの様子を眺め、子どもはポロリと本音をもらしたりする光景があった。こうした体験の積み重ねが子どものこころや体の健やかな成長には大切だと思う。そしてそれは家族力を培うことにも繋

がるであろう。

しかしながら、現実的には子どもの「食育」をめぐるさまざまな事情は、そうは簡単には変えられない。だからこそ、このままでは良くないとの問題意識を両親が持ち、それぞれの家庭で「これだけは譲れない」という「こ食」の防波堤となるルールを設けることが大切だと思う。そして毎日の生活のなかで「こ食」をなくすための創意工夫をし、家族全員が協力し合い実現していくことが求められる時代だと思う。

## 新米の母と子

暖かくなり始めた早春。庭では、山桃が枝に薄桃色の花を数え切れないほど抱え、源平という名の紅白同木の桃が、まるでコーディネートされたかのように、赤・白・桃色の花々を絶妙な配置で、いくつもの枝に咲かせている。

一方、先週まで、たわわな花を連ねていた梅の枝は、もうすっかり花を落とし、ジューンアップルが白い可憐な花を咲かせ始めている。そして、それらの木々の足元にはクリスマスローズが群れをなして咲き、水仙やクロッカスが今年も、あちらこちらに可愛らしい顔を覗かせている。

冬のあいだ、ひっそりと蓄えられた花々や木々のエネルギーが溢れ出したかのような、早春の息遣いがそこここに感じられる。

室内では、若い母と子とがソファーですやすやと寝息を立てている。先程まで嬰児に乳を含ませていた娘と孫である。孫がこの世に生を受けて、まだたったの二週間。新米の母と子は、授乳やおむつ替えのたびに悪戦苦闘しながら、だんだんとお互いのリズムを掴みつつあるようだ。

孫が日ごとに成長していくに連れ、娘もまた日ごとに母親になっていく。そんな二人を、すぐそばで見守りながら、母親として祖母として満ち足りた幸せを感じている。

そして、母と子の愛着の絆が、日々結ばれていく過程に、たいへん興味をそそられている小児科医としての私もいる。

睡眠を削り、目のまわりに隈を作りながら、新生児の世話に追われている娘の顔には、いつの間にか母親として子どもを守ろうとする毅然とした表情と、子を深く慈しむ優しい表情とが見て取れるようになった。出産が、こんなにも急激に女性を変化させるものなのかと改めて驚き感動している。新生児の様子も毎日のように変わり、表情や動きが豊かになっていく。妊娠と出産を経て、今始まったばかりの母と子の早春時代の感がある。

庭では丹精込めた花々が咲き、室内では出産のために里帰りした娘が、無事に出産を終えて孫を抱いている。平凡な日々だが、このうえなく穏やかで幸せな日々ではある。

医師である娘も、これからさまざまな困難に出会い、ひとつひとつ乗り越えながら、仕事と子育ての両立に挑戦していくことだろう。せめて私の元にいるあいだは、心身の回復に努めながら、ゆったりと過ごし、十分なエネルギーを蓄えて、新しい環境に戻って欲しいと願っている。

生命の尊さを身をもって知った体験は、きっと臨床の場でも活きることと思う。

## 回向

「親孝行したい時には親は無し」とは、実によく真実をついた諺である。

日蓮聖人は、三十代の折に著した「十王讃嘆抄」のなかで、親孝行について次のように記している。

「但し、孝養に三種あり。衣食を施すを下品《げぼん》とし、父母の意に違わざるを中品《ちゅうぼん》とし、功徳を回向《えこう》するを上品《じょうぼん》とす。存生《ぞんしょう》の父母にだに、なお功徳を回向するを上品とす。況《いわ》んや亡き親に於いておや」

親を飢えさせないように、金銭や物品や住居を贈ることが下品、親の期待を裏切らないことが中品、そして御仏の教えを実践して世のなかのために働き、人のために役立つことによって、親を喜ばせることを親孝行の上品としている。御仏の教えとは、「止悪作善」すなわち「悪いことをせず、善いことをする」という人間として当たり前の心掛けであるが、日蓮聖人は、同時に「これは、三歳の子どもにでも解かる道理ではあるが、八十歳の翁をしても実行するのは、なかなか難しい」とも説いている。

心を向けることが回向であり、感謝の気持ちを向けながら、親に誇らしく思ってもらえる生き方をすることこそが、子どもとしてできる最善の孝養ということなのであろう。

それは、生きている親に対しても、また今は亡き親に対してでもある。つまり、親が生きている間はもちろんのこと、たとえ親を亡くした後においても、自分の生き方次第で、まだ親孝行が叶うということなのであろう。

## 桜の着物

祖母も母も着物が好きな女性であった。最近、彼女たちが遺してくれた着物や、私のために誂えてくれた着物を、折々に身に纏う機会が増えた。

着物は、反物をただ縫い合わせただけの衣服である。立体的な要素が無いだけに着る人の体形によってまったく印象が変わる。

そして帯・半襟・帯締めなどの色や柄との組み合わせ、襟の抜き方や着丈のちょっとした加減で、同じ着物であっても雰囲気や表情がまるで生まれ変わる。

着て行く場所や季節、立場によって細かい決まり事があり煩雑ではあるが、それが着物の世界を奥深く魅力的なものにしている。

先日、玉三郎の新春特別公演を観に、「ル・テアトル銀座」に出掛けた折り、歌舞伎座を模したロビィで、ひとめで、料亭の女将さんか非番の芸者さんかと思える、それは見事な着物姿の女性を見かけた。

女性の私でさえ、息を呑むような艶やかさで、思わず見惚れてしまった。

単に身体で着ているのではなく、気持ちや生き方で着物を着ている、そんな気迫さえ感じられる女っぷりであった。

ほんの短い期間にしか着ることができないお正月の柄の着物を、さりげなく着こなしている、その贅沢な粋さと潔さも心憎かった。お正月の柄と同様に、桜の柄の着物も季節を選ぶ贅沢なものである。

着物に精通した女性たちは、桜が三分咲きの頃には五分咲きの、五分咲きの頃は満開のというように、桜を少し先取りした桜の着物を着る。

本物の桜の花と競うのは野暮で品が無いとされるからである。そして極めつけの着物通は、満開のときは、裾だけに花びらを散らした着物を着るという。

昔、歌舞伎座で見た忘れられない場面がある。銀髪のそれは上品な年輩の女性が、ひと目で高価と解かるすばらしい訪問着に、さりげなく贔屓の役者さんの紋を染めていた。

一緒にいた日本舞踊を長くお稽古している叔母に目で合図されなければ、気が付かなったと思う。そのさり気ない粋さに思わず唸ってしまった。その女性は、おそらく七十代のように思えたが、顔立ちの美しさ、所作の素晴らしさにも圧倒された。

先月の長女の結納の折、母が私の結納の時に用意してくれた帯を選んで結んだ。あれほど孫娘を可愛がっていた母も、きっと喜んでくれていると思う。あの頃の母の思いが、ようやく理解できる年齢になった。何代もの母と娘を繋ぎ、その思いを伝えていくことも、着物や帯の持つ素晴らしさの一つかも知れない。

# 夏

# 蓮の花

蓮の花を見ると思い出す情景がある。確か小学四、五年生の夏休みだったと記憶している。父に連れられて、朝早くに上野の不忍池を訪れた折のことだ。長身の父は歩くのが速く、まだ眠い私はついていくのに必死だった。

少しして父は立ち止まり「静かに耳を澄ましてごらん。蓮の花が開く音が聞こえるから」と教えてくれた。静寂な朝の空気を震わせて、確かにかすかな音が聞こえたように思う。

早朝の冷たいベンチに腰掛けて蓮の花を眺めながら、父は「蓮の花は汚い泥から、すっくと立ち上がりきれいな花を咲かせる。人間も努力すればいつか報われるということだ。そして努力が実ったときは、努力を感じさせずにすっきりときれいに咲くことだ」と話してくれた。それはお説教というよりは父の独り言のようにも聞こえる言い方だったが、今でも忘れられずにいる。

ずいぶん後になってから、仏教についての本で、蓮の花は霊格の高い花であり、(1)花果同時、(2)汚泥不染、(3)蓮無徒華の三つの特徴を有することを知った。蓮は、花が咲くときに同時に実もなっている珍しい植物であり、どんな汚い泥のなかから咲いても穢れのない美しい花を咲かせ、その蕾みにはひとつの無駄もなく花咲き実を結ぶそうだ。

そのさまは、どんな環境にあっても染まらずに忍耐強く努力すれば、きっといつかは報われて花が咲き実を結ぶという因果応報の理を世に伝え、辛い状況の人々を励ましているとされている。

父が蓮の花について、どこまで知っていたのか、どんな思いで話してくれたのかは今でも分からずにいる。照れ屋で不器用な愛情表現しかできない父だったが、幼い日の父との何気ない日常のひとこまが、可愛がられた記憶とともに、どこかで私を支えてくれている。

母親というものは、子どもに対して半径十メートル以内の日常の細やかなことばかりを心配し、話題が至近なことになりがちであるが、父親はもっと遠いまなざしで子どもの将来を思いながら、何気ない一言のなかに人生のメッセージを託すのかも知れない。その父も今は、不忍池にほど近い寛永寺に眠っている。

## 保津川下り

梅雨明けとともに、真夏日のような日々が続いている。こんなときに、思い浮かべるだけでも涼しさが甦るような情景がある。夏の保津川下りの風景である。亀岡から嵐山までの緑濃い急峻な峡谷を縫うように保津川は流れている。

船頭さんが巧みにあやつる小舟に身をまかせ、黒くそそり立つ巨石、しぶきをあげる激流、しずかで神秘的な深淵、櫓の先が見えるほどの浅瀬、両岸の山々や空に浮かぶ雲、つぎつぎに現れる変化に富んだ景観を楽しみながらの舟の旅。ときには鳥のさえずりを聞きながらゆったりと、ときには水しぶきを浴びながらスリリングに進む保津川下りは、約二時間あまりの行程である。

自然との一体感を感じるこの小さな旅が好きで、医学部の学生の頃はお小遣いを貯めてはせっせと京都に足を運び、四季折々の保津川の景観を堪能したものだ。

春は爛漫に咲き乱れる桜、秋は見事な紅葉とそれを映した美しい彩りの川面、そして冬は白一色の雪景色と、どの季節の保津川下りにも、それぞれの趣きがあり甲乙つけがたいものの、強い陽射しのなかを砕ける水しぶきを浴びながら、緑濃い峡谷を豪快に下る夏の舟旅は、心を躍らせる野生美と自然が産み出す清涼感にあふれていて特に惹かれる。

保津川は、もとは丹波の豊富で質の高い木材や穀物を京都に運ぶために造られた水運であったが、明治二十三年、山陰線の開通とともにその役目を終えた。しかし保津川峡谷の四季折々の変化に富んだ美しい景観は人々の心を離さず、ついに明治二十八年から、観光のための川下りとして甦ったのである。

文豪夏目漱石は、「虞美人草」にこう書いている。

「浮かれ人を花に送る京の汽車は嵯峨より二条に引き返す。引き返さぬは山を貫いて丹波へ抜ける。二人は丹波行きの切符を買って亀岡に降りた。保津川の急湍は此駅より下る掟である。下るべき水は眼の前にまだ緩く流れて碧油の趣をなす。岸は開いて、里の子を摘む土筆も生える。舟子は舟を渚に寄せて客を待つ」と。

# 和菓子

夏の暑い日、涼を誘う和菓子をいただくことは、ちょっとした幸せである。味はもちろんのこと、見た目の美しさと涼やかさ、さわやかな香りがしばし暑さを忘れさせてくれる。

数ある夏の和菓子のなかで、私が特に好きなものは、楪心果の「麩饅頭」、紫野和久傳の「笹ほたる」、そして大極殿本舗の「レース羹」である。

目黒区八雲の楪心果の「麩饅頭」は、みずみずしい緑の笹の葉に包まれていて、見た目にも清々しく、ほんのりと青のりの香りがする。こしの効いた生地と甘すぎない餡との組み合わせが絶妙で、これをいただくとき夏の到来をしみじみと思う。

しかし、夏の和菓子の王道は、何といっても水羊羹であろう。小倉餡の水羊羹は多々あるが、私のいち押しは、紫野和久傳の「笹ほたる」だ。最上級の白小豆とたっぷりの抹茶を用いた深緑色の水羊羹である。深い緑の水羊羹のなかに、ところどころ透けて見える琥珀色の部分がある。包みから取り出した途端、琥珀色の部分が美しく光に透けて、まるでそれまで闇に潜んでいた蛍が翔び交うような感がある。職人の手による工夫としつらえが奥ゆかしく魅了される。口に含んだ抹茶の香ばしさが拡がり、琥珀色の部分が、ほうじ茶のゼリーであることが分かる。のど越しの良さと見た目の美しさ、そして蛍に出会う瞬間を愛しんで、毎年夏の出会いを心待ちにしている。

最後は、大極殿本舗の「レース羹」である。数年前にわが家に遊びにきたお洒落な友人からの手みやげで知った。檸檬の輪切りが、透明な寒天に透けてレースのように見える個性的な和菓子だ。黄色の彩りの鮮やかさと共に、その甘酸っぱさとつるんとした食感が、しばし夏の暑さを忘れさせてくれる。それ以来、私も彼女に倣って京都からお取り寄せをしている。

これらの大好きな和菓子を、ゆったりとお抹茶とともに頂くとき、日本人で良かったなあとしみじみ思う。

自分のために、あるいは大切な人のために、「季節感」を添えた美しい和菓子についての知識を深めたり、人ごとに丁寧に選んで贈ったりすることは、ささやかではあるが贅沢で愉しいことである。そして、それは大人の女性ならではのたしなみと密かに思ったりしている。

## 子育てと薔薇の栽培

今年の夏は例年にない暑さだったが、九月も半ばを過ぎて、朝夕にようやく涼しさを感じるようになった。庭では、四季咲きの薔薇が思い出したように次々と戻り咲きをし、親しい友人に久しぶりに会えたような気がしている。夏の暑さをしのいで咲く秋の薔薇は、大きさも香りも控えめで大人っぽく花数も少ない。思わぬときに意外なプレゼントをもらったような感がある。

めざましい勢いで伸びる雑草の除去、すぐに乾いてしまう土の水遣り、害虫や病気の予防のための消毒薬の散布、日差しを遮る樹木の枝の伐採、施肥などの庭仕事に次々と追われた夏の日々。秋の薔薇は、それらの忙しい夏の日々へのご褒美かも知れない。

　その薔薇を眺めながら、このごろ思うことがある。それは「薔薇の栽培には子育てのヒントが溢れている」という思いだ。

　白い薔薇の株には白い薔薇が咲き、黄色の薔薇の株には黄色の薔薇しか咲かない。白い薔薇の株に黄色の薔薇が咲くことを誰も望まない。なのに子どもには、つい子どもの本来持ち合わせている資質以上のことを期待してしまう。誰も白い薔薇と黄色い薔薇を比較したりはせずに、それぞれの良さをそのままを受け入れて愛でている。それなのに、それぞれ別の個性や長所を持つ子どもたちに対して、大人はすぐに比較したり評価しようとする。

　薔薇がきれいに咲くためには、肥料や水遣りが大事だが、足りなくても、多すぎても上手に育たない。子どもへの援助もしかり。適度な応援は必要だが、それが過ぎて、過保護や過干渉になると子どもの自立心や生命力が育つことを阻んでしまう。

　薔薇の栽培では愛情を持って、しっかり薔薇を見守っていれば、花のつき具合や葉っぱの様子で肥料が足りないか、病気にかかったか、虫にやられたか、自ずとたくさんのことに気づき、早めに手が打てる。子どもが今、何を求めているかを知るには、子どもから目と心を離さずにいることが大切であろう。

　次の年に丈夫できれいな花を咲かせるためには、剪定が大切であるが、あまり強くすると樹勢がなくなってしまい、選定が甘いと樹形がまとまらず、花つきも悪くなってしまう。子どもの躾もそのように思える。

薔薇の栽培でも子育てでも、大切なことは生来持っている生命力と個性とを、上手に引き出すことなのであろう。それらに気づいた今、残念ながら私の子育ての時期はとうに過ぎてしまっている。

## 茗荷

ほんとうに暑い夏である。ついつい素麺や冷奴、冷しゃぶ、カツオのたたきなど、さっぱりとしたものが好ましくなる。これらの料理に欠かせないのが薬味である。私は、ショウガやオオバ、ミョウガなどを細かく刻みたっぷりと添えていただいている。強い香りと彩りが食欲をそそってくれる。特にオオバとミョウガは大好物で出番が多いので、庭の片隅でこっそりと育てている。採りたては瑞々しく香りも強い。

昔、実家の裏庭の片隅にもミョウガが群れをなして自生していた。夕餉の準備をしている母に、「ミョウガを摘んできて」とよく頼まれたものだ。

夏にいただくミョウガは、花序（花を内包した肥大茎）で、なかには開花前の蕾がびっしりと詰まっている。まな板で刻んでいると独特の香りがたち、薄紅の色が目を楽しませてくれる。ミョウガの薄紅、オオバの緑、ショウガの黄と並べると色のコントラストも美しい。

ミョウガは薬味としてだけでなく、食材としても天ぷらにしたり、酢のものやお味噌汁の具に用いたりして愉しんでいる。ショウガと一緒に甘酢に漬け細かく刻んで、ちらし寿司に混ぜ込んでも美味しい。

ミョウガとショウガは同じ頃に大陸から持ち込まれ、香りの強い方が「兄香《せのか》」、弱い方が「妹香《めのか》」と呼ばれ、やがて「ショウガ」と「ミョウガ」になったとされる。

「ミョウガを食べすぎるともの忘れが激しくなるよ」と子どもの頃、祖母がよく言っていたが、どうやら、そのような成分は含まれてなく学術的な根拠はないらしい。最近では、むしろミョウガの香りには、集中力を高める効果があるとされている。

ミョウガはショウガ科の多年草で湿地を好む。花序は成長すると初秋に、淡い黄色の頼りなさげな花を咲かせるが、たった一日でしぼんでしまう。

繁殖力がとても旺盛な植物だが、日陰の地面近くにひっそりと咲くその花は、誰にも気づかれないほど控えめである。

　人知れぬ花いとなめる茗荷かな　（日野草城）

古くから多くの人に好まれ用いられてきた香辛菜なのであろう。

# きずあと

社会性のない先生と権利意識の強い保護者が増加している。このため、学校にはあらゆる種類のクレームが引きも切らずに寄せられ、その対応を弁護士に相談するケースも少なからずあるそうだ。「子どもが学校のガラスを割ったのは、ガラスのそばに石を置いておく学校が悪い」「うちの子供がいつも記念写真の中央から外れているのはどうして？」「学校のクラブで汚した体操着は学校で洗ってほしい」等々のクレームもあるらしい。なかには「授業参観に参加するために休んだ日給を補償してほしい」などというのもあるそうだ。毎日通う学校で、先生と自分の両親が対立し合っていたら、子どもは何を信じたら良いのだろう。

親が信頼を寄せていない先生に対し、果たして子どもが全幅の信頼を寄せ、きちんと学びの姿勢で対峙することができるのであろうか。先生からの影響がとくに大きい小学生ではなおさらのことである。

この話を聞いて自分の小学生時代の先生を誇らしく思い出した。私は小学校入学の直前に右の下腿に大きな火傷を負った。クラス委員をするような明るい元気な子どもだったが、その傷跡を見られたくないため、一年中いつもハイソックスを履いていた。

転校した小学三年生の夏。プールでの授業の折、いたずらっ子たちにその傷をからかわれて思わず泣いてしまった。声には出さずにプールの中で顔をぬぐって誰にも気づかれずにいたつもりだった。

しかし放課後、先生から教室に残るように言われた。そして「人間は小さな傷跡くらいのことで、くよくよしてはいけない。努力してもどうにもならない体のことをからかうことは人間として一番恥ずかしいことだ。そんなことでくよくよするより、弱い立場の人を救えるような人になりなさい」と諭された。

当時は今と違いベビーブームで、一クラスに五十人くらいの生徒がいた。それなのに、そのなかのたった一人の女の子がプールの中で泣いていたことを先生は見逃さなかったのだ。

そして自分のシャツをたくし上げ、背中全体に広がるケロイドを見せてくださった。ほんの一瞬のことで、しかも無言だった。そして「もう帰りなさい」と頭を撫でてくださった。

私は次の日からハイソックスを履くのをやめた。私は先生のように、人の力になれる大人になりたいと心から願った。私が医師を志したのも、どこかで先生の影響があるような気がする。

子どもたちの心を掴み、生きていく力を与えてくださる先生たちが、たくさん増えて下さることを心から願っている。

# N君のこと

一週間ほど前のこと。午前の外来を終えると、待合室にぽつんとN君が。「なんか、先生に会いたくなって……」と。

神奈川県津久井のN君の家から、クリニックまでは二時間以上もかかる。こんなに暑い日なのに。

二十五歳の彼は、生後四カ月で罹患した化膿性髄膜炎の後遺症で、軽い知的障害と軽度の右半身痙性麻痺がある。「心身共に、重い障害が残るでしょう」と主治医から説明を受けた父親は彼の入院中に消息不明となった。以来、母親は実家のある神奈川県に戻り一人で働きながら彼を育てた。

三歳のとき、痙攣を起こし、なかなか収まらないため、救急車で運ばれて来た彼と、相模原の病院で小児科医師として働いていた私が出会った。そのときの背の高い美しい母親の必死な眼差しを忘れられない。

中学生のときは、歩き方を真似されたりクラスで苛めにあい、ストレスから家庭内で暴力を振るうこともあった。気丈な母親が外来で号泣し、まだ若かった私はN君を呼出して本気で叱ったものだ。専門学校を卒業後、フラワーアレンジメントの学校に通い花屋さんに就職。花が大好きで色彩のセンスも良い彼だが、右手の麻痺のためにすべての作業に時間がかかり続けることが難しかった。

花屋さんの初任給で、母親と祖母と私に小さな花束とチョコレートを一個ずつ贈ってくれた。恥ずかしそうにそっと黙って差し出してくれた。次は大型スーパーでカートを整理して並べる仕事を真面目に三年間勤めた。この間に母親の弟が亡くなり、母親が実家の清掃・解体業を営む会社を継ぎ、彼も手伝うことに。最初から身内の会社に入れずに、社会経験をさせた祖父・叔父・母親の見織は立派だった。

　ある駅の清掃が彼の担当となったが、人より作業に時間がかかるからと就業時間より早く到着し、誰よりも遅くまで帰らなかった。祖父がそれは厳しく指導したという。あるときの外来で「昨日の朝は、前の晩から雪が降り続いたから、俺、早く行って雪かきをしたんだ。俺の駅(?)の階段で誰かが滑ったら可哀そうだから」と、そっと教えてくれた。「凄いね、N君。イヨッ、仕事人！」と私までその責任感を誇らしく思ったものだ。

「ところで、今日はどうしたの？」と尋ねると、「少し疲れちゃった」と。そういえば少し痩せていた。「九十歳のお爺ちゃんが有料老人ホームに入って、寂しそうだから一日置きに行く。八十五歳のお婆ちゃんが可哀そうだから、毎朝洗濯物をぼくが干す。それから仕事に出掛けるけど、今年の夏は外での作業は本当に暑くて辛い。帰る途中でお婆ちゃんに頼まれた買いものをする。お母さんは社長になって大変だしね」とたどたどしいが、思いを一気に話してくれた。「N君、凄いね。それだけ家族を思いやり、仕事もきちんとしている若者なんて、めったにいないよ」と私。御馳走したラーメンをすするN君は、麻痺のため箸が滑って上手に使えず、語彙も乏しい。しかし、N君のこころの何と優しくて大きいことだろう。どんなに頭脳明晰で高学歴で健康であっても、人の気持ちが汲めない人も多いのに。

帰り際、私に「先生が、年を取ったら俺、面倒みるからね」と。お母さん！　本当に良かったですね。頑張られた甲斐がありましたね。

## 「無財の七施」

お盆になると思い出すお釈迦さまの教えがある。それはお盆の頃、両親に連れられて訪ねたお寺の住職の説法で知った「無財の七施」の教えである。まだ高校生の頃のことだったと記憶しているが、今でも心に残っている。

重い病気を患い不幸を嘆いているときも、すべての財産を失い失意の底にあるときでも、人にはまだ「無財の七施」により、人をしあわせにできる能力が残っているという趣旨の説法だった。

この七つの施しは、すべて自分の身体だけを用いて実践できるものであり、他に必要とするものは何もない。

まず目で実践できる優しいまなざし（眼施《がんせ》）、口で実践できる思いやりのある言葉（言辞施《ごんじせ》）、顔で実践できる温かい笑顔（顔施《がんせ》）、心臓で実施できる感謝の心（心施《しんせ》）、手足で実践できる人のために汗を流す（身施《しんせ》）、尻で実践できる席や場所を譲る（床座施《しょうざせ》）そして最後は背中で実践し一夜の宿を提供する（房舎施《ぼうしゃせ》）の七つである。

「人はどんな厳しい状況のなかに置かれても、他の人に幸せを分け与えることができる能力を身体がまだ備えており、そうすることで自分もまた幸せを感じることができる素晴らしい存在である」と気づかされて感銘を受けた。

人間関係がどんどん希薄化しコミュニケーション能力が失われている現代こそ、日々の生活の中で、身体に備わったこれらの素晴らしいコミュニケーション能力を活かすべき時なのかも知れない。時折、幼い子どもをお寺に連れて行き、ご住職の説法を聞かせることも大切なことのように思う。

## 野生のイルカ

九月も半ばを過ぎて遅い夏休みがようやく実現した。以前から計画していた野生のドルフィン・ウォッチングために、いそいそとハワイへと旅立った。当初は家人と二人で行くつもりだったが、医学部の卒後研修中の長女も、ようやく休暇が取れたとかで直前に参加することに。

滞在二日目、いよいよドルフィン・ウォッチングに出発。朝六時十五分にホテルの前でピックアップしてもらい、バスでひた走ること約一時間半。目的のワイアナエ・ボートハーバーに到着した。そこには、乗船予定のカタマラン「ホク・ナイア号」が白い優雅な姿で停泊していた。ハワイ語で「ドルフィンの星」と名付けられたこの船は、昨年の秋に就航したばかり。ドルフィン・ウォッチングに適するように設計されていて、船のどこからでも海と空との大パノラマを楽しむことができる。

さまざまな国からの人たち約四十人と共に乗船。なんと、日本人はわれわれだけだった。紺碧の大海原を心地よく波に揺れながら、期待に胸を膨らませること十五分、視界のそこここにイルカの背びれが現れ始めた。
三、四頭の小さい群れや十数頭ほどの大きな群れが船に伴走したり、追いかけるようにして泳いでいる。
愛らしく賢そうな表情がはっきりと良く見えるほど近づくものもいる。この領域は海水がきわめて透明なうえ、海底の砂が白いので、天敵であるサメが近づいても、白い砂にその黒く大きな影が映り身の危険を回避することができるため、野生のイルカが生息地として好むとのこと。

頭を出したり沈めたりしながら進むもの。尾だけを出して水面を叩きながら進むもの。海面に浮かぶ木の葉にじゃれて遊ぶもの。いたずらな幼児のような、無邪気であどけないその行動を、間近で見ることができた。クルクルと空中をスピンしながら、海面に直角に飛び跳ねる得意げな姿を、繰り返し何度も目にすることもできた。この日、出会った小型のイルカは、嘴が長いため「ハシナガイルカ」と呼ばれる種類だそうだが、他にマダライルカやバンドウイルカも生息しているらしい。

親子らしいイルカたちの愛くるしい様子を夢中で眺めていると、船は静かにこの海域を離れ始めた。

ハワイ州の法令では、野生動物とは三十分以上続けて接触することが禁じられているためである。

自然を保護するために、こうした地味な努力を続けているからこそ、野生のイルカが人を怖れずにのびのびと生息しているのであろう。クルーのアナウンスによるとその日、われわれが遭遇したイルカの数は九十頭を超えていたそうだ。

その後、悠々と泳ぐウミガメや勢いよく海面を飛ぶトビウオをのんびりと眺めていると、なんとも美味しそうな匂いが漂ってきた。さっそくキッチンに降り、まずパンを選ぶ。そしてレタス、トマト、チーズ、オニオン、アボガドを好きなだけ積み上げて、バーベキューグリルでせっせとハンバーガーを焼いているクルーの元に。焼きたての熱々のハンバーガーをバーンと載せてもらうと美味しそうなハンバーガーの出来あがり。デッキで娘と一緒に風に吹かれながら頬張った。次は暖かいハワイの海に、子どもを産むためにやって来るクジラの親子に出会えることを願っている。それは十月から四月にかけてのことらしい。

## 海からの贈りもの

「どれだけ多くではなくて、どれだけ少ないもので暮らすか」

「わたしたちは結局、みな孤独である。ひとりでいるということを、もう一度はじめから学び直さなくてはならない」

「この世にたったひとつのものなど存在しない。あるのは、たったひとつの瞬間だけ」「中年は、ほんとうに自分自身でいられる年代なのかもしれない」

「現在よりもっと成熟した人間の繋がり、ふたつの孤独の出会い」

これらは、いずれもアン・モロウ・リンドバーグの著書『海からの贈りもの』のなかの私の好きなフレーズである。

人生の季節を、海辺の風景とさまざまな貝に見立てて書かれたこの本には、著者のやわらかではあるが凛とした人生に対する哲学、日常の日々に寄せるたおやかな思いと知恵、自然に寄せる瑞々しい感性と愛情、そして自分とその人生を客観視し得る知性が、そこここに溢れている。

吉田健一氏の名訳による文庫本で初めて読んだのは、たしか二十代の初めの頃であったと思う。当時、背伸びをしたい年頃の大学生だった私は、哲学と文学とが不思議なバランスで融合したこの本の独得な世界に魅了されたが、正直、理解できない部分、咀嚼できない部分がたくさん残った。

その後、この本はいつも私の傍らにあり、「いつか、じっくりと対峙したい」との思いを抱かせる存在となり、やがて仕事や子育て、日常の些事に追われながらも、何度も読み直す本となった。『海からの贈りもの』はそのたびに、新しい発見や見落とした真理、さりげない励ましや勇気を私にもたらしてくれた。

一九五〇年代に書かれたものであるが、今でも少しも古くなく、現代を生きる女性に、生きるための哲学と暮らしていくための姿勢を示している。人生の後半を生きる今、もう一度きちんと丁寧に読み込んでみたい。きっと新しい示唆にめぐり会えることと思う。

## 薔薇の名前

「コレット」という薔薇がある。杏色がかったピンク色の花をたわわに付けるこの薔薇と私は、友人の家のバルコニーで、何年か前の初夏に出逢った。

「コレット」は、『青い麦』や『シュリ』などの小説を書いた女性作家「シドニー・ガブリエル・コレット」から名付けられている。

彼女の花好きは有名で『コレット花28のエッセイ』（森本謙子訳、八坂書房）で、さまざまの植物に対し愛情に満ちたたくさんの言葉を贈っている。

これは彼女の二十代の頃の作品である。当時、腰の関節炎による痛みのため、庭が見える窓辺のベッドに臥していた彼女に、スイスの出版社が週に二回ずつ、さまざまな花を送り、花についてのエッセイを求めたことで完成した。この体験と幼い頃に好きだった野草摘みが、のちの彼女の巧みな自然描写の基礎となっているのかも知れない。

後年、彼女は大好きな南仏のサントロペに別荘を持ち、「葡萄棚の家」と名付けた。そして、そこでの暮らしを堪能し、自らの手で土を掘ったり石を砕いたりしながら、好みの庭を造ることに精を出した。

なかでも、薔薇には特別の思いを寄せ、花の季節には部屋からマットレスとシーツを持ち出し、その香りにあふれた庭で寝たというエピソードが残っている。

彼女はブルゴーニュ地方に生まれた。十七歳のとき実家が破産し、二十歳で結婚した。相手は十四も歳上で、後にコレットが書いた「学校のクロディーヌ」を自分の作品として出版させたが、これが評判を呼んだ。三十一歳で離婚し、それからの彼女は、自分の名で小説を発表するようになる。同時にパントマイムの踊り手として、「ムーラン・ルージュ」に出演したりもしている。

その後、フランスの新聞「ル・マタン」の編集長と再婚し、ジャーナリストとして新聞に寄稿するなど幅広い活動を続ける。

四十九歳で書いた『シュリ』によってレジョン・ドヌール勲章を授与され、作家としての地位を確立。さらに代表作である『青い麦』を発表する。大胆な男女の愛憎をテーマにし、心理描写と自然描写の巧みさによって、独自の官能的世界を確立し、アンドレ・ジッドなど当時の文学界の重鎮たちに絶讃された。二回目の離婚を経た後のサントロペの別荘での暮らしのなかで、これらの多くの小説が産み出された。

六十二歳で十七歳年下の男性と再再婚。パリ市内のパレ・ロワイヤルの花に満たされたアパルマンに移り住み、生涯を終えている。

そのパレ・ロワイヤルの中庭に咲く薔薇に、「噴水の捕虜となった虹が、このパリの真っただ中で目覚めさせる薔薇たち。お前たちを何にたとえたら良いのか。お前たちに匹敵する花は、いかなる楽園に行けば摘むことができるのだろうか」との言葉を寄せている。

やがて、歩行困難になった彼女のため、彼女が審査委員長を務めていた、フランスで最も権威のある文学賞のひとつであるゴンクール文学賞の会合は、コレットの部屋で行われた。自室で亡くなり、葬儀は国葬としてこの中庭で執り行われた。はたしてそれは薔薇の季節であったのだろうか。

さまざまなスキャンダルの渦中にありながらも、自分の感性と知性とに正直に従って行動し、人生を懸命に生きた、いかにもフランスらしい自由で自立した女性である。そして、自由自在なその生き方と作品を高く評価し厚遇したフランスの文化もまた成熟していると思う。

## 音楽家アルゲリッチ

緑が眩しい初夏の宵。熱海に在るＭＯＡ美術館に併設された能楽堂で、マルタ・アルゲリッチのピアノ演奏を最前列の中央席で聴く機会に恵まれた。

一日限りのこのコンサートは、ＭＯＡ美術館のリニューアルオープン記念として行われたものだが、司会者はもちろん、指揮者も居ないまま静かに進行した。それだけではなく、奏者も演奏の前後に軽くお辞儀をするだけで、終始、無言であった。しかしそれが、能楽堂が醸し出す簡潔にして完全な雰囲気と見事に一致し、却って清々しかった。

第一部は、アルゲリッチに師事した経験を持つ伊藤京子氏とのピアノデュオ、第二部はカルテット・アマービレとのピアノ五重奏の構成であった。

かつては、ソロやピアノ協奏曲演奏を数多くこなしていたアルゲリッチであるが、四十歳の頃より室内楽に傾倒しソロ・リサイタルは行っていない。

七十五歳になる彼女は、目指すものの一つに若き才能への支援を挙げているが、今回共演したカルテット・アマービレも、二〇一六年、難関で知られるミュンヘン国際音楽コンクール弦楽四重奏部門で三位に入賞、併せて特別賞に輝いた新進気鋭の若き音楽家たちである。

二十分の休憩を挟んだ第二部は、彼らとのピアノ五重奏によるシューマン変ホ長調 op44 であった。

それまで、若い演奏家に優しく励ますような眼差しを向けていた彼女だが、ひとたび演奏が始まると表情が一変し、テンポの速い極めて正確な打鍵により、リズム感に溢れる奥行きと豊かさ感じさせる、彼女特有な音楽の世界を巧みに展開していった。

第二楽章の葬送行進曲風の静かな演奏から、第三楽章では急速なスケルフォに、そして第四楽章の明るい情熱的なフィナーレと徐々に盛り上がる演奏に、思わず胸が一杯になった。

一九六五年、ショパン国際コンクールで優勝し、最優秀マズルカ演奏者に贈られるマズルカ賞を受賞、そして三度のグラミー賞に輝いた実力と、音楽の友社の好きな鍵盤楽器奏者ランキングで、一九九六年から二〇一四年までの十八年間、連続一位であり続けた人気を併せ持つピアニストである。昨年、ワシントンの文化施設ケネディ・センターより、「二十世紀および二十一世紀の最高のピアニストの一人」と賞され、優れた芸術家に贈られる三十九回同センター名誉賞をホワイトハウスにて授与されている。

彼女はアルゼンチン出身。八歳のときからすでに公開の場で演奏をしていたが、十三歳のとき、彼女の熱烈なファンであった当時のブエノスアイレス知事サベテ氏が、大統領府でのファン・ペロン大統領との出会いの場を設けた。演奏を聴いた大統領は「フリードリヒ・グルタ」に師事することを望む彼女のために、即、父親を外交官に、母親を大使館職員に任命し一家をウイーンに赴任させた。

たった一回の演奏で大統領をそこまで魅了した彼女の類まれな音楽的な才能と、その場で彼女の才能を見抜き、それを開花させるための支援に即踏み切った大統領の決断と行動力。出会うべくして出会った二つの才能であったのだろう。その出会いが世界の人々に齎した恩恵はあまりにも大きい。

## 画家マルク・シャガール

今年の夏、念願だったニースのマルク・シャガール美術館を訪れることが叶った。

晩年、シャガールがフランスに寄贈した十七点の連作「聖書のメッセージ」を基とする作品が収められた美術館である。建設を進めたのは、当時の文化大臣アンドレ・マルローである。マルローが、シャガールにパリ・オペラ座の天井画を依頼したことは有名である。

ニース市から提供された、郊外の高台の閑静な住宅地に建てられた美術館は、白い平屋造りで、シャガール自らが設計の段階から参画し、作品を選んで八十六歳の誕生日に開館している。

天地創造の七日間が描かれた大きな三枚のステンドグラスで囲まれたコンサートホールは、温かいシャガールブルーの世界を、窓から注ぐ南仏の光を通して造り上げていた。その独特な世界に身を置くと、まるで自分が海に溶け込んでしまったかのような錯覚に陥り、立ち去りがたい思いを抱いた。ステンドグラスという新しい分野に、精力的に挑戦したのは七十歳を過ぎてからのことらしい。コンサートホールの壇上に置かれた愛用のチェンバロの蓋の裏には、彼の絵が全面的に施されていた。

美術館のテーマを旧約聖書に絞ったためだろうか、大作が目白押しではあったが、作品の数は適切であり、広々とした館内に程良く配置されたソファに腰かけて、一時間ほどでゆっくりと全作品を堪能することができた。

ロシア革命と第一次世界戦争を体験し、さらに第二次世界大戦の勃発によりナチスの迫害を避けてアメリカに亡命したユダヤ人であるシャガールは、一九四七年パリに戻り、一九五〇年にニースに、さらに晩年は鷲の巣村ヴァンスに移り住みフランス国籍を獲得している。

明るい光が燦燦と注ぐ美術館の外壁に施された大きなモザイクには、預言者を中心として周囲に十二の星座が描かれ、優しく表現された宇宙空間からは、平和を願う彼のメッセージを強く受け取ることができた。

南仏の旅の終わりに、晩年のシャガールがその風景をこよなく愛し、制作に励み、そして今も眠る鷲の巣村サン・ポール・ド・ヴァンスをどうしても訪れてみたくなった。美しい街はずれのサン・ミシェル門に近い墓地にあるシャガールの白いシンプルな石棺の上には、ユダヤ教の墓参の風習に従い、訪れた人々によるたくさんの小石が置かれていた。

## 理想のお手本

数日前から、マレーシアのランカウイ島の水上コテージに滞在している。

海に突き出したコテージからは、どこまでも続く青い空と、ゆっくりと形を変えながら動く大きな白い雲、そして無限のグラデーションを呈しているエメラルドグリーンの海しか見えない。聞こえるのは、天井から吊るされた大きな古びたプロペラ型の扇風機が少し危なげに回る音と、繰り返す波の音だけである。

レストランやフロントのある中央の建物までは、ゆっくり歩くと二十分ほどかかる。

その道すがら、赤ちゃんを背負いながら木から木へと飛び移るメガネザルや、のっそりと道を横切る一メートルほどもある泥トカゲに出逢うこともしばしば。

そんな環境のもとで、自然に目覚めるまで眠り、読みたかった本を好きなだけ読み、飽きたら海に突き出したテラスのカウチで太陽を浴び、身体が火照ったら泳ぎ、疲れたらうたた寝をし、夕焼けを眺めながらワインを呑む。そして宵が深まると、こぼれるように輝く星を眺めながらジャズを聴く。

夏にしては忙し過ぎた最近の外来診療に、気力も体力も衰えつつあると感じていたが、こんなふうに身体と心が求めるままに過ごしていると、少しずつ心にも身体にも力が蘇ってくる。

昨夜は少し遠出して、岬の先端にあるガラス張りの風通しの良いタイ料理のレストランに出かけた。

大好きなパッタイやグリーンカレーを堪能しながら、ふと、斜め前の席に目をやると、フランス語で実に楽しそうにおしゃべりをしながら食事をしている、人目を惹く魅力的な二人連れの女性がいた。二人とも七十歳はとうに超えているように思われたが、避暑地に相応しい実にこなれた大人のお洒落をし、所作が知的でひときわ輝いていた。

きれいな水色の柔らかそうなロングワンピースを上手に着こなし、銀色の縁取りがある深いスリットから、すらりと伸びた長い脚を組んでいるのが見える女性は、私と目が合うと、片手でワイングラスを挙げてウインクをしてくれた。「この時間を楽しみましょうね！」というメッセージと受け取った。

もう一人の女性は、上質な黒いジョーゼットのミニワンピースを見事なスタイルでシンプルに着こなし、大振りのイヤリングとサンダルを金色で揃えていて、それが日焼けした肌に映えて、粋でシックであった。

二人はとても楽しそうにお喋りし笑いながら、お料理を次々に平らげ、ワイングラスを干していた。サービスする人への姿勢も余裕があり素敵であった。年齢に臆することなく、自分流のお洒落をし、出かけたいところに旅し、美味しいものをいただき、ワインを干しながら、友達と語り合うなんて見事な歳の重ねかただ。

何よりも人生を謳歌している様子が伝わってきて、そばにいる人々までを幸せな気分にさせていた。きっと、しっかりと自分の人生に向き合ってきた女性たちなのだろう。上手に歳を重ねるための素敵なお手本を見せていただいた感謝を込めて、ウィンクをしながら「Have a nice trip!」の挨拶を贈りレストランを去った。

旅はいろいろなことを教えてくれる。

## マリア・カラスの恋

空港や百貨店のエルメスのショップを覗くとき、真っ赤なカシミアのブランケットを見かけると切ない想いに囚われる。伝記『マリア・カラス　あまりに誇り高く、あまりに傷つきやすく』（アルフォンソ・シニョーリ著、インプレザリオ刊）で読んだ、エルメスのブランケットにまつわるマリア・カラスとアリストテレス・オナシスの恋の物語が胸に蘇るからだ。

華麗なディーヴァ、世界的なオペラ歌手であるカラスと、一代で財を成したギリシャ海運王のオナシスとの激しい恋は、彼がケネディ夫人であったジャッキーと再婚したことで終わる。

しかし晩年になって、たった一人の息子を事故で失い、自らも重症筋無力症に侵されたオナシスは、すっかり経営に対する意欲を消失し、「マリアの傍らで死にたい」と密かに願っていたという。

いよいよ病状が悪化し死を直前にしたオナシスを、娘のクリスティーナと妻のジャッキーはアテネの病院に入院させたがったが、オナシスと心が通じ合っている妹のアルテミデが、パリのスイイーのアメリカン・ホスピタルに入院するように強く主張し手配した。なぜならその頃、マリアがパリに独りで暮らしていることを知っていたたからだ。アルテミデは、兄の意向のすべてを理解し、それに添いたいと願っていた。亡くなる数日前、モルヒネの投薬により、意識が朦朧とした彼を置いてジャッキーは、ニューヨークの五番街で開催される春夏のコレクションを見るために出発し、娘のクリスティーもシャネルのファッションショー出席のため外出した。その空白の三時間をアルテミデは見逃さなかった。自宅でずっと連絡を待っていたマリアを呼び寄せ、二人は病室で永遠のさよならをするための時間を過ごした。

アリストは目を閉じたまま、マリアの手を強く握り、クローゼットに何度も人差し指を向けた。

一番上の棚には、かつてマリアが贈ったエルメスのカシミアの赤い毛布が大切に仕舞われていた。

マリアは、彼に気づかれないよう泣きながら、生涯で最も愛した男の身体にそれを掛け、黙って立ち去ったという。

数日後、マリアの部屋にCNNのニースが流れた。「アリストテレス・オナシスの遺体安置室はパリのアメリカン・ホスピタル内に設置されました。遺族の意思により、海運王はカシミアの赤い色の毛布に包まれて納棺されました」と。

一九七七年九月十六日、心臓発作によりマリア死去。手伝いの女性ブルーナに託された遺書には「私の遺灰をエーゲ海に撒いて。スコルピオスに埋葬されたアリストの元に辿り着き、あの人を抱きしめたいの。海が私に、あの人を抱かせてくれるでしょう。私たちの物語のハッピーエンドをひたすら貴女の手に委ねます」と記されていたという。それを伝え聞いた当時のギリシャの文化大臣ナニアスは休暇を取り、自ら碧いエーゲ海にマリアの遺灰を撒き、その願いを叶えた。

## 三つのエピソード

まだまだ若いつもりでいる私だが、今年の夏は、自分の年齢と向き合うエピソードに立て続けに三つも遭遇した。

まず最初のエピソード。清楚で可愛いい若い女性が、クリニックの昼休みに私を訪ねて来た。名前を聞いてもすぐピンと来なかったが何となく見覚えのある顔であった。

某医学部の一年生と名乗る彼女は、「小学校六年生のとき、虫垂炎に罹患し、先生に診断してもらい大学病院を紹介して頂きました。それを機に医師を目指して勉強し今年、医学部に進学しました」と話してくれた。私の目を見ながら話す様子を眺めているうちに、数年前のとても暑い夏の土曜日の外来の終了間際に、右側の腹部を抑えながら母親に連れられて来た賢そうな少女を思い出した。

　前日から嘔気と腹痛があったとのことで、すぐに血算とCRPを院内でチェックし大学病院の外科に紹介したが、大学からの返事には「一部が穿孔し腹膜炎を起こしていた」とあり、もう一日遅かったらと、ヒヤッとしたことも思い出した。

　私に会えない場合を考えて携えてきた手紙には、「将来、先生のような小児科医になり、子どもたちの役に立ちたい」と綴られていた。彼女の真面目さと誠実さがあれば、きっと素晴らしい小児科医になるだろう。そう期待しながらも歳月の経つはやさをしみじみと感じた。

　二つ目のエピソード。幼稚園の頃から気管支喘息で診察していた女の子が、母親となり赤ちゃんを連れて来院した。「初めてのわが子の予防接種デビューは、ぜひ先生にお願いしたいと、妊娠がわかったときから思っていました」と、住んでいる中央区からわざわざ訪ねてくれたのだ。彼女の顔には幼いときの面影がしっかりと残っており、赤ちゃんも母親にそっくりなので、思わず微笑んでしまった。あの可愛いい内気な小さな女の子が母親となり、訪ねて来てくれるなんて！　母子二代にわたり診察することに感慨を覚えながら、やはり歳月の過ぎるはやさを思った。

　開業して十八年になるのだから、そんなことがあっても不思議ではないのだが……。

最後のエピソードは小児神経専門医の更新でのこと。今年は、五年毎の更新の年に当たっていた。

秋からの忙しさに備え、書類を準備しながらノルマである学会への出席の点数を確認していたら、必要な五十点をすでに満たしていた。しかし、再度更新の手引きをよく読み返すと、更新時点で六十五歳を過ぎている場合は、三十点で免除される旨が記載されていた。まだまだ地方の学会に出かける気合も体力もあり、勉強もやる気だけは充分あるのにと、意地になって倍の六十点分を記載したが、自分の年齢の社会的な立ち位置を知らされたようで愕然としてしまった。

以上の三つのエピソードを通じて、少し自分の年齢を意識させられたが、まだまだ自分のペースで元気に頑張ろうと思っている。

## 日野原先生のこと

二〇一七年の夏に亡くなられた日野原重明先生のご自宅は、拙宅から二分ほどの場所にある。そして、その中間に先生が通われていた教会が位置している。

ご存命の頃は、私がクリニックに向かう朝、ゆっくりとお迎えの車に乗り込む先生をよくお見かけした。柔和なお顔を拝見した朝は、何か得をしたような幸せな気分になったものだった。

最近、先生が亡くなられる直前にインタビュー形式で纏められた著書『生きていくあなたへ　一〇五歳　どうしても遺したかった言葉』（幻冬舎）を読む機会があった。

そのなかで、ウイリアム・オスラーの言葉「医学とは科学《サイエンス》の上に成り立っている芸術《アート》である」を取り挙げ、それが生涯を通じて先生の医師としての信条であったとしている。

インタビューに「音楽も絵画も技術の素晴らしさが人を感動させるのではなく、そこに秘められた優しさや悲しみ、愛が人々を魅了するのです。医療も同じで、高い技術を駆使したところで、患者さんを本当の意味で苦しみから解放してあげられるとは限らないのです。そして現代の医学では治療方法のない、つまり科学が敗北しなくてはならない病気も多く存在します。でもそのような人にも、もしも医学がアートなのだとすれば、科学に出る幕がなくなった後も、その人のためにできることに終わりはないのです。医師が患者のことを心から思い、笑顔で優しい言葉をかけること、手を握ったりさすってあげたりして、話を聞いてあげること、そこには限りがありません。そのことで、痛みや苦痛が驚くほど和らいだ患者さんの姿を、数限りなくみてきました」と応えている。

聖加国際病院での晩年の先生の患者さんへの真摯な姿勢は、そうした強い信念に基づかれたものだったのだろう。前述のウイリアム・オスラーが、白血病の少女の病室を訪れる際、庭の薔薇を一本手折って持っていった素晴らしいエピソードも紹介している。

また、宮沢賢治の『セロひきのゴーシュ』を取り上げ、医師と患者が与え合い一体となる、素晴らしい世界を教示しているとしている。野ネズミはゴーシュの弾くセロの音色で腹痛が癒され、ゴーシュは野ネズミや子ダヌキからセロの弾き方を学ぶ。この宮沢賢治の世界から医療という行為について、絶大なインスピレーションを与えられたと語られている。生涯にわたり、「医療の在り方」について考えられていたことが偲ばれる。

そして、あとに続く医師に向かい、「医療とは科学に基づいた芸術により、人々を救う行いです。僕の後を歩いてくださるすべてのドクター達へ、どうかアーティストであっていただきたいと願うのです」との言葉を遺している。

## 贈りもののコツ

誰にでも大切な思い出の場所があるだろう。私にもそんな場所がいくつかある。

「ミシェルズ」もその一つである。

ハワイのダイアモンドヘッドの近く「コロニー・サーフ・ホテル」の一階にある老舗のフレンチ・レストラン。数々のアワード受賞に輝いた名店で、フランク・シナトラやエルヴィス・プレスリーも訪れたことがある。ホテルのプライベート・ビーチに面しておりサンセットの美しい眺めがつとに有名である。

最初に訪れたのは三十六年前。結婚前に旅行代理店に勤めていた義姉がハネムーンの私たちのために手配してくれた。店内には、その頃二十代だった私たちには背伸びが必要な大人の雰囲気が漂っていた。

そして十年ほど前だろうか、両親を見送り、子育ても一段落して、久々に二人でハワイに出かけた。

「ハネムーンのときのあのレストラン。夕陽がほんとうに素敵でシーフードが美味しかった。また、行きたかったのに、名前を忘れてしまって残念！」という私に、彼は「僕も」と素っ気なく応えた。

次の日、レンタカーを借りて来た彼がドライブに誘ってくれた。ひどい方向音痴の私は、「ミシェルズ」の看板が見えてきて、ようやく彼の粋な計らいに気づいた。

彼は、きっと二十五年以上も前に訪れたレストランの名前も場所もきちんと記憶していたのだろう。

素晴らしい料理の数々を堪能しながら、二人で大空をゆっくりと染め上げて沈んで行く夕陽を眺めた。何とも贅沢な時間であった。無口で照れ屋の彼からの思いがけないプレゼントに、胸が熱くなった。

サントリーの「ザ・プレミアムモルツ」や「伊右衛門」などのCMで有名な小西利行氏は伝え方のプロと言えるだろう。彼は贈りもののコツとして、「物よりは思い出が大切。贈りたい物を選ぶのではなく、相手が何を喜んでくれるかがポイント」と語り、そうした贈りものにより、「自分の気持ちと相手の気持ちの〈共感ポイント〉が生まれ、相手の記憶と自分の記憶に接点があること自体に喜びが生まれる」と結んでいる。

なるほどと唸らせる言葉である。素敵な思い出はいつまでも色褪せない。

# 南イタリア旅行

昨年の夏、家人と二人で南イタリアへ旅をした。二人とも六十代後半となり、体力があるうちにと思い立った三十五年ぶりのヨーロッパ旅行である。短期間であちらこちらの国々を元気に巡った若い頃の旅とは違い、今回は十日間でイタリアだけ。それもポンペイ、ナポリ、カプリ島を中心に南イタリアに限定し、数泊ずつのんびりと滞在する旅程を組んだ。はたして英語が通じるのか？　治安は？　などの心配もあったが、結局、個人旅行を選択した。団体旅行は、ほとんどがバスでの移動なので荷物の運搬も楽だし、レストランの予約の心配もしないで済むのだが、それよりも自由で気儘であることを優先した。

個人で行くのは難しそうだが、でもぜひ訪れたいと思っていたカプリ島の青の洞窟の舟旅や、アマルフィ海岸のドライブ、ポンペイの遺跡見学などのオプショナルツアーは予め日程を調整し、日本から現地に連絡し予約しておいた。地図と時計を睨みながら、知らない土地を移動することを考えて荷物は最小限とした。

二人で役割分担をし、知恵を出し助け合いながらの旅であった。

ナポリでは、ナポリ湾に面したいかにもヨーロッパらしい、長い歴史と由緒を感じさせる、三星ホテル「エクセルシオール」に滞在した。

最後の夜。ジーパンとTシャツでほとんどを過ごした今回の旅であったが、少しお洒落をしてホテルの最上階のレストランへ。予約したバルコニー席に着くと宵のなかに、海に突き出た中世の騎士の城、卵城がまるで湾に浮かび上がるようにライトアップされていて、その美しさに息を呑んだ。心地よい夜風に吹かれながら、美味しいワインとイタリア料理を堪能した。ふとまわりを眺めると、さまざまな国からの十組くらいのカップルが、同じように夜景と食事を楽しんでいた。さすがにハネムーンのような若い世代ではなく、五十〜六十歳代が多かった。七十歳を超えていると思うカップルも何組かいた。

そこにいたカップルに共通していたのは、二人で楽しそうに会話を交わしながら食事をしていることだった。メニューを相談し合ったり、美味しいものを分け合ったり、ご主人がワインを注いだりもしていた。旅の思い出や家族のこと、そしてこれからの予定について語り合っているのだろうか。さまざまな言語での会話が飛び交うなか、時折、楽しそうな笑い声が響いていた。どのカップルも個人旅行のようで、グループの席は無かった。

普段、会話のないカップルが、旅先で急に楽しそうに会話が弾むとは思えない。どちらかが提供した話題を相手がきちんと受け止めて返す、そんな会話のキャッチボールを、普段から積み重ね、お互いの考え方や感じ方への理解を深めてきたカップルなのであろう。夫婦とは、互いの本音や正体を最もよく見せ合う関係。だからこそ、誰よりも理解し合える近しい関係にもなれるし、無関心だったり、心を閉ざした関係にもなり得るのだろう。

現に、高校時代からの友人たちに、この旅の計画を話したとき、「夫とそんなに長く二人だけでいたら何を話して良いかわからない。結局、別れ話になるかもしれないわ」と恐ろしい答えが返ってきて驚いた。お互いに健康で、時間的にも経済的にも少し余裕ができた年代になって、二人が共に長い旅行を望み、その愉しみを分かち合えることは、平凡ではあるがなかなか得難い幸せなのかも知れない。

## アマルフィ

八月の終わりに南イタリアへ旅をした。

ナポリ湾に面した夜景が美しい重厚なホテルに滞在した二日目の早朝、さっそくアマルフィ海岸へのドライブに。ポタジーノから、アマルフィ、ラヴェロレルノの少し手前までの約三十キロに及ぶ海岸線が、世界で最も美しいと称されるアマルフィ海岸である。この海岸に沿った珠玉の町巡りは、私の三十年来の夢であった。

ナポリから小さな車で、アマルフィ海岸を目指してソレント半島を南に抜けた。カンッオーネで名高いソレントを過ぎて国道一六三号線に入ると真っ青な海が見えて来た。

いかにもイタリアらしく両側にこれでもかと違法駐車がされている、くねくねとした細いつづら折りの道を、何とか対向車と行き交いながら走ると、崖の下に、赤や黄色のカラフルで愛らしい家々が重なるように見えて来た。

世界遺産地域で最初に出会う町、ポジターノだ。ポジターノを過ぎてさらに、道端に紅いブーベンビリアが咲き乱れ、レモン畑が延々と続く細い坂道を二十分ほどひた走ると、山々に囲まれた小さい谷が海と出会い生まれた入江の町、アマルフィにようやく到着した。

その小さく美しい入り江は、一千年ほど前に、地中海世界を行き来した海洋貿易の海洋共和国の本拠地であったとは信じられなかったほど静かな佇まいであった。

当時は、アマルフィ海岸を木材を大量に積んで出発した貿易船は、それをアラブで売り、代わりに黄金を手にし、さらにビサンチンで香辛料、貴金属、織物を仕入れて戻って来たという。

こうした豊かな時代の繁栄の象徴が壮麗なアマルフィ大聖堂である。十世紀に造られたこの教会は、左背後に九世紀に建てられた、もう一つの教会を抱え今は博物館となって残っている。

博物館に入る手前に「天国の回廊」と名付けられた、十三世紀の貴族たちのそれは豪奢な墓があり、壮大なスケールで貿易が展開された華やかな時代が、確かに此処に存在していたことを証明していた。

陶器を売るお店では、方位図をモチーフにしたタイルがたくさん飾られ、旧い建物には、四大海洋国（アマルフィ、ヴェネツィア、ピサ・ジェノバ）の紋章が残るなど、町のそこここに、海洋共和国の痕跡を見出すことができた。切り立った山が背後に迫り来るこの土地で、海で生きることが運命づけられていたのだろう。

海岸を一望に見下ろせる高台までのくねくねした細い山道を徒歩でひたすら登り、小洒落たリストランテへ。絶景を眼に焼き付けながら、すっかり乾いた喉をリモンチェッロで潤した。有数のレモン産地ならではの黄色のリキュール。レモンのさわやかさととろりとした甘みが、ドライブと山登りで疲労した身体に優しく沁みた。汗ばんだ肌に吹き抜けていく風を心地よく感じながら、長いあいだ、憧れていた旅の実現に幸せを思った。

ギリシャ神話の英雄ヘラクレスには、生涯を賭けて愛し抜いた美しい妖精がいたという。彼は、その愛する妖精の亡骸を世界で最も美しい海岸、アマルフィに葬ったという。伝説の妖精が眠るとされる海岸は、世界遺産として残り、今なお多くの人を魅了し続けている。

## ユーモアの効用

最近の国会テレビ中継を見ていると、答弁の途中にも下品な野次や怒号が飛び交い、これが日本の政治をリードする国会議員たちなのかと、うら寂しい情けない気持ちになる。

何年か前に読んだ、阿川弘之の新潮新書『大人の見識』の中で読んだ、英国ロンドンの議会の描写が頭に浮かんできた。

イングランド出身の議員が、スコットランド出身の議員を「イングランドでは馬しか食べない燕麦を、スコットランドでは人間が食べている」と侮辱した場面がある。これを受けてスコットランド出身の議員がすぐさま「その通りだ。だからスコットランドの人間が優秀で、イングランドの馬が優秀なのだ」と応じている。

日本の議会なら差別発言と大騒ぎになり、議会進行が乱れるところだが、会場は大爆笑に包まれたらしい。英国が国民性として重厚さと同じくらい、センス・オブ・ユーモアを大切にしている事が窺がえるエピソードである。

『大人の見識』の中で阿川弘之は愛読する著書として、数学者藤原正彦の新潮文庫『遥かなるケンブリッジ　一数学者のイギリス』を挙げている。英国留学の経験を持つ藤原正彦は著書で、ユーモアとは駄洒落から皮肉・風刺、ブラックユーモアまで多種にわたるが、共通するのは「いったん自らを状況の外へ置く」姿勢であり、「対象にのめりこまず距離を置く」という余裕が根源であると分析している。そして真のユーモアとは、単なる滑稽な感覚とは違い、人生の不条理や悲哀を鋭く嗅ぎ取りながらも、それを「よどみに浮かぶ泡」と突き放し、笑いとばすことで、悲観主義に沈むのを斥けようとするものである。そして、それは究極的には無常観につながるものと、数学者らしく怜悧に分析している。

ちなみに、英国ではどんなに頭がよく、家柄がよくても、人格が高潔でもユーモアがないと紳士と見なされないそうだ。センス・オブ・ユーモアは、深い見識に裏打ちされた懐の深い大人の紳士だけが、持ち得るものだからかもしれない。

はたして日本の議員のなかに、そのような紳士が何人いるであろうか。

# 主治医のノルマ

昨年の夏のクリニックの昼休みのこと。あまりの暑さにまどろんでいる私に、突然可愛い来訪者があった。私立の女子校に通う小学五年生のHである。三人のお兄さんたちの後に、やっと産まれた待望の女の子で、彼女が誕生した折り、「IT'S A GIRL」と書かれた、弾むようなカードが、ご肉親から届いたことを思い出した。

「先生。こんにちは。夏休みに自由研究の宿題があって、私は涙について調べることにしました。それで、先生に教えて頂きたいことがあってお邪魔しました。よろしくお願いします」とHちゃんは、にこにこと切りだした。（あんな小さかった赤ちゃんが、きちんとした敬語を使える素敵なお嬢さんになって！）とすっかり嬉しい気分になっている私に、彼女は「悔しい時にも、嬉しい時にも涙が流れるのは、どうしてなのですか。両方とも同じ涙なのですか。そして思いきり泣くと、なんとなく気持ちが落ち着くのは、なぜですか。」とするどい質問を一気に投げかけてきた。

Hちゃんは私が医師である以上、当然それくらいの知識を即答できるものと信じ込んでいるようすだ。まずい！　宿題である以上、いい加減な回答は出来ない。そのうえ、自由研究の協力者と一緒の写真まで添付する決まりがあるのこと。そこで「明後日の昼休みに、もう一度訪ねていらっしゃい。」と約束し、その晩、さっそく私も涙の自由研究を始めることとなった。

どうやら、喜怒哀楽の感情の揺れにより流れる涙は、自律神経に関係していることが解かった。
怒りや悔しさがこみあげ、感情が昂ぶって気分が落ち着かない時に流れる涙。この涙は心身を緊張させる交換神経が刺激されて分泌されるもので、絞り出されるように流れ、量は少なくてナトリウムを含むために塩辛い味がする。いっぽう、嬉しい時や悲しいときに流れる涙。この涙は、心身をラックスさせる副交感神経が刺激されることで分泌されるもので、とめどなく流れカリウムが多く含まれるらしい。

また涙には、脳から分泌されるプロラクチンや副腎皮質刺激ホルモンなどストレスに反応して心身の緊張を強いるストレス物質が含まれているそうだ。そのうえ、ストレスにより生じる神経反応を緩和する脳内モルヒネである、ロイシンーエンケファリンが含まれていることも確認されていると知った。

泣いたあと、気分がすっきりして落ち着くのは、涙がストレス物質を排出してくれるからなのだと理解できた。つまり、泣きたいときには、思いきり無くことが、自然の摂理に適っているということなのであろう。

以上の涙についての、にわか知識を小学五年生に理解できるように工夫しながら伝え、Hちゃんと一緒に写真に収まり、漸く主治医のノルマから解放された。

それにしても、人間の身体に備えられた生理機能は、どこまで素晴らしいものなのだろうか。まだまだ解明されてない未知の能力がたくさん潜んでいるに違いない。秋に届いた彼女からのお礼の手紙によると、あの宿題は学年でトップの評価を受けたらしい。

## ジャズのタイトル

ここ数年、ジャズにまた魅せられている。昔と違い、少し太くてしゃがれた声の、「恋も人生ももう充分知っているわ」風の堂々とした唄い方をする大人の女性ボォーカリストが好きになった。たとえばサラ・ボーンのような。

お気に入りの曲をバックに流しながら、お料理を作ったり、無心にお皿を洗ったり、推理小説に没頭している時に、つくづく幸せな時間だなぁと思う。

ジャズには、音楽の他にも秘かな楽しみがある。なんとも洒落た小粋なタイトルの曲が多いのだ。一瞬で心をギュッと掴まれてしまうような。

たとえば、「Mr. Wonderful」「I didn’t know what time it was」「A remake you made」「As time goes by」「I’ve got you under my skin」「I got lost in his arms」「What are you doing the rest of your life?」などなど。

曲のタイトルだけを見ただけで、どうしてもそのCDが欲しくなることもしばしば。ネーミングのセンスに魅了されて、歌詞はどんなにかと期待してしまうからだ。

「I didnt know what time it was」は「時さえ忘れて」、そして「As time goes by」には「時の過ぎゆ

くままに」と、小粋な日本語に訳されている。

しかし、「Mr. Wonderful」や「A remake you made」「I’ve got you under my skin」「I got lost in his arms」「What are you doing the rest of your life?」などは訳することが難しいだろうし、きっと英語のままの方が好いように思う。

心が動かされるということは、何かを見ることや聞くことによって、いつもは心の奥に眠っているものが触発されて輝きを放つことなのかもしれない。ジャズの短いフレーズにも、さまざまな感情や情景を呼び起し、想いを拡げていく不思議な力があるように思う。

今年の夏休み。ハワイでの最後の夜、ハレクレニのジャズバーに少しお洒落をして出かけた。その夜の演奏は、ピアノとコントラバスのデュオであった。

コントラバスを演奏する、背の高い指のきれいな男性が、あの「I’ve got you under my skin」を低い声で唄い始めた。となりの夫に、「貴方ならunder my skinってなんて訳す？」とそっと聞いてみた。一瞬、困った表情をしたが答えはなかった。気の効いた訳をしてくれたら素敵だったのに。

## ヴィトンの鞄

昨年の夏休みのハワイでのこと。パソコン専用に用いるショルダーバッグを探す主人に付き合った。彼はじっくりと気に入った物を選び、それを何十年も大切に使う人で、前の鞄も十五年以上も使い込んで、さすがに隅が擦り切れていた。

たっぷりと睡眠を取り、遅いブランチを済ませてひと泳ぎしてから、アラモアナショッピングセンターに。結局、丈夫さからルイ・ヴィトンに決まったが、ロゴの入り方(目立つが嫌いらしい)や、使い勝手、デザインなどを基準に、彼がショルダーバッグを選んでいる間、私は女性用のコーナーにある、おしゃれな椅子に腰かけて待っていた。

その間、約三十分あまりであろうか。購入する女性達を眺めながら、私はある結論に達した。ヴィトンのバックを購入する女性は、概ね四つのタイプに分類されると。

それは、①自分で働いたお金で、自分へのご褒美に購入する女性　②自分の若さと美貌を武器に、あたかも当然のように男性に購入させる女性　③ご主人から促されて購入する女性　④そして両親の資金で購入する若き女性である。

①の女性は、颯爽と一人で登場。いかにも仕事ができるキャリア風で、購入するにもテキパキと迷いがなく、見ていても小気味良い。おそらくは、前もって調べ欲しいものを決め来ると思われる。スーツやパンツスタイルで恰好よく決めている人が多い。

②の女性の多くは、振り返るほどの美人であり、モデルのようなスタイルで最新のファッションを身に着けている。そして自分の若さを誇り自信に輝いている。あれこれと迷い、あれこれと購入する。傍に居る男性は、例外なく(たまたまかも知れないが)太っていて、背が低くハンサムとは言い難い。しかし、共通しているのは、半端ではないお金持ちオーラを醸し出していた。これは肌の

色とは無関係のようであった。強烈なカップルは、五つものバックを十分足らずで購入して去っていった。

③の女性は、長いあいだご主人と添い遂げて、なおバックを贈られるほどご主人から感謝され愛されている女性たちだ。六十~七十歳代で、上品にお洒落な服を着こなし、女性らしさに溢れている。きっと自慢な妻なのであろう。傍らにいる男性も、堂々としていて大抵は、妻が選んだバックより高価なものを薦めていた。妻の感謝の伝え方もスマートでチャーミングなことが多く参考になった。仲良く支え合いながら人生を伴走する様子が見て取れた。

残念なのは④の女性だ。例外なく、日本、韓国、中国のアジア女性で、彼女たちが望むままに親が購入していた。しかし、まだうら若い女性にはヴィトンは似つかわしくないと思う。

こんなふうに人間観察を楽しんでいるうちに、階下から主人に呼ばれた。因みに今回、私のヴィトンバックの購入は無しであった。

# 秋

## 薔薇に託す思い

すっかり秋めいた庭で、やさしいピンク色の大輪の薔薇「キャサリン・モーレー」が咲いている。私はこの美しい薔薇が大好き。細長い茎の先に付いた大輪の薔薇は、花の重さゆえか、うつむき加減に咲きながら、かすかな風にも揺れている。

数十枚もの透き通るような儚いピンク色の花弁が、花の中央でもつれ合うように重なって作る花容は、洗練されているのにどこか可憐さを感じる。

ほの暗い夕闇のなかでも、咲いている場所がすぐ分かるほど、この薔薇の放つ香りは特有で、ミルラとオールドローズを混ぜたティーローズの香りがする。これもまたこの薔薇の魅力のひとつである。もちろん五月の薔薇の最盛期、花があふれるように咲いている光景はもちろんのこと、秋に幾つかの花がひっそりと戻り咲いているさまも風情があって心惹かれる。

バラエティー・クラブ・オブ・グレート・ブリテンのエリック・モーレー夫妻が、チャリティー・オークションで、この薔薇の命名権を取得し、十八歳で夭折した令嬢の名を残したとされる。

このエピソードを知ってから、いっそう丹精込めて育てている。ご夫妻がこの薔薇を選んだのは、どこか令嬢を彷彿とさせる清楚で可憐な雰囲気があるためかも知れない。

二年前のこと。長女が医師になって初めてのお給料で、われわれ夫婦を夕食に招いてくれた。それはペニンシュラホテルの「ピーター」という、レジデントの初任給にしては、かなり奮発してくれたと思われる洒落たレストランであった。食事が済んだあと、彼女が照れながら、私に細長い筒のようなものを手渡してくれた。主人は横から「掛け軸なの？」などとふざけていたが、なかには「ペニンシュラ」という名の、それは綺麗な真紅の薔薇が一本と感謝の気持ちが書かれたカードが入っていた。「ペニンシュラ」は、このホテルが独自で栽培するオリジナルの薔薇で、ホテルの大切なお客さまを歓待するためのものとのことであった。

花は時としてことばよりも思いをより適切に伝えてくれるのかも知れない。

## もなか

十月も半ばを過ぎると、朝夕に肌寒さを感じて冬の訪れが近いことを実感する。

茶の湯の世界では、この時期の二、三週間を過ぎゆく秋を惜しんで「名残」と呼ぶが、季節に対する繊細な感性を持ち合わせる日本人ならではの表現である。

読書と共に夜のお茶の時間が楽しみな時期であり、お茶と和菓子が恋しくなる。繊細な形や色彩が季節を感じさせる和菓子は、舌だけでなく目も楽しませてくれる。なかでもこの時期ならではの栗を用いた和菓子は、私にはとても魅力的である。

クッキーやケーキ等の洋菓子は、材料として小麦が使われることが多いが、和菓子の多くは米が主材料として使われている。和菓子の代表である団子をはじめ、煎餅、求肥、落雁などほとんどがそうである。

日常的に食べる米のうるち米からは柏餅などの団子を作るための上新粉ができ、赤飯などに用いる粘りの強いもち米からは、餅粉や白玉粉、道明寺粉などができる。それぞれ粒子の細かさや粘りが異なり、用途により細かく使い分けられている。

それでは最中の皮はどうなのであろうか。どことなくウエハースにも似た食感のため小麦粉が材料かとも思えたが、腑に落ちないので調べてみると実はもち米が材料であることが解った。もち米を砕いて粉にし、粉を蒸してつき餅にして薄く延ばして裁断、さらに金型に入れて焼いて作られるそうだ。ずいぶんと手間がかかった和菓子である。しかも、薄い皮には丁寧に桜や菊や亀などの模様が施されていることが多い。

最中の名称は中秋の名月をあらわす「最中の月」に由来することも知った。やはり、日本人の優れた季節感を感じる。

最初は、麩焼煎餅のような菓子だったそうだが、時代を経て現在のような餡を挟んだものへと形を変えたそうである。

今年もまた、寒くなってきた秋の夜に、淹れたての美味しい煎茶と共に栗蒸羊羹をいただきながら小さな幸せを味わっている。

# こころのリセット

人生で出会うさまざまな事柄を颯爽とやり過ごし、淡々と齢を重ねながら生きることができたらと願うが、それは思いのほか難しい。そのため不安や心配事でどうにも気持ちが落ち着かないときや、ある思いや考え方に捉われて心が自由でないときには、心を無の状態に戻すためのリセットが必要となる。

リセットの方法は、人それぞれに違うと思うが、私にもいくつかある。そのひとつが「禅の名言」に触れることである。

例えば、済んでしまったことやどうにもならないことを嘆いて気持ちが前向きになれないときは、「風、疎竹に来る。風、過ぎて竹に声を留めず。雁、寒潭を渡る。雁去って潭は影を留めず」の詩を思い起こすことにしている。静かに口ずさむだけで(風が過ぎ去れば、竹はもうざわざわと音を立ててはおらず、雁が通り過ぎれば、冷たい水面に映った鳥影はもう姿を消している)という静かで壮大な情景が浮かんで心が鎮まる。出典は中国・明時代の処世哲学書『菜根譚』であるが、同じく『菜根譚』に「君子は事の来たりて心始めて現る。事去りて心随って空し」の名言がある。

「優れた人は、ふだんは何も考えていなくとも、事に及んでは必要な考えが浮かぶ。そしてそれが過ぎれば、いつまでも過去の行為に捉われず忘れ去ることが出来る」との意味あいであろうか。

そういえば、優れたスポーツ選手は気持ちの切り替えが上手で、失敗したり負けたりした試合にいつまでも拘らない前向きの資質を持ち合わせているように思う。おそらく将棋や囲碁の名人といわれる人たちもそうであろう。

要するに、失敗から学ぶのは良いが、過去に捉われたり悩んだりしていると、本来持っている自分の力を発揮できず、今をきちんと生きることは叶わないということなのだろう。同じように、先のことを案じることも今をしっかりと生きることを阻むことになるだろう。

禅は、いつの時代にも誰にも存在する煩悩の核心に迫り、生きるための智恵を人に授けてくれる。

## ヒマワリ

想定をはるかに超えたスケールの地震と津波の襲来。そして、その自然災害が齎した福島第一原子力発電所の事故による甚大な被害。今、日本はかつてない深刻な状況からの脱却に喘いでいる。そんな折、何週間か前の読売新聞に掲載されていた記事を読んで、ほんの少し心が癒された。それは、宇宙航空研究開発機構の山下雅道専任教授ら、宇宙農業に取り組む研究者たちが進める「第一原発事故によって汚染された土壌を浄化する計画」に関するものだった。

原発事故で汚染された土壌の放射性物質をヒマワリに吸収させ、さらに細菌によって少量化するという計画である。すでに一九八六年のチェルノブイリ原発事故のときも、土壌浄化にヒマワリや菜の花が使用されたそうである。放射性セシウムは、肥料であるカリウムに性質が類似しているという。

このため、カリウムなどの肥料を与えずに育てれば、ヒマワリは類似物質であるセシウムを取り込みやすい状態となり、土壌から積極的に取り込むようになる。

しかし、収穫したヒマワリを、そのまま焼却処分にすると煙から放射性物質を拡散する恐れがある。そこで、堆肥を作るときに用いる「高温好気堆肥菌」を利用して、ヒマワリを分解するのである。この菌の作用によって、ヒマワリの体積は一パーセント程度にまで圧縮され、大幅に放射性廃棄物の量を削減することが可能になるらしい。

人災ともいえる原発事故を自然の力を借りて解決しようとする、この計画の発想と姿勢には安堵と希望を覚える。

すでにヒマワリの種三百キロを確保し、世界有数のヒマワリの産地であるタイにも協力を打診しているとのこと。また秋の収穫を目指し、原発の半径三十キロ圏内の高校を中心に、校庭にも植えてもらう計画も進めているそうだ。

たくさんのヒマワリが競うようにして咲き誇る広大な風景が、土壌の浄化に有効なだけでなく、被災地の方々に明るい気分を運んでくれることを願っている。

ちなみにヒマワリの花言葉には、「あなたを見つめる」と「光り輝く」がある。

# 小さな旅

毎日の繰り返しに何となく疲れたり、気分が落ち込んだりしたとき、私はこっそりと日帰りで小さな旅をすることにしている。

クリニックの休診日。たいていは前の晩のベッドの中でだが、ときには当日の早朝、コーヒーを飲みながら、あるいは新聞や雑誌を読んだり、洗濯機を回したり、庭の手入れをしているときに、不意に「さあ、行こう！」という衝動が湧いてくる。

夕刻までには戻らなくては、という縛りがあるので行ける範囲は限られている。それでも、のどぐろのお寿司を食べに金沢まで、あるいは桜を愛でに京都まで出かけたりすることはできる。京都にある、バカラやラリック等の古いガラス食器を扱う小さなお店を覗くためだけに、あるいは好きな寺院の雪景色を眺めるためにだけにも出向いたりする。

いつも突然の閃きなので友人を誘う暇もなく一人での旅となる。年に数回のこうした旅は自由で気儘なので、とても良い気分転換になる。この小さな旅のことは家人にも話していない。

最近、凝っているのは、熱海の高台に在るＭＯＡ美術館。東京からほど近いため、時間的にも体力的にも無理なく楽しめる。

リニューアルし新しく生まれたばかりの現代的な空間のなかで、古から大切に伝えられてきた国宝や伝統的な美術品を見るのはたいへん贅沢な時間である。

周囲が映り込まない特殊なガラスを展示ケースに使用したり、美術品が映えるようにと黒漆喰の壁を用いるなどのさまざまな工夫がされている。静かで心落ち着く空間で、ゆったりと美術品と対峙することができる。文化財保護のため、展示ケースには近代建築技術による最新の免震構造が施されている。国宝三点、重要文化財六十六点を含む三千五百点もの作品が、このような姿勢で運営されている美術館に保存されていることは、未来のために大変望ましいと思う。

鑑賞に疲れたら相模湾を一望できる館内の the cafe で、海を眺めながらコーヒーを飲んだり、茶の庭に在る茶室一白庵で、庭を楽しみながら和菓子や抹茶を愉しんだりしている。

私が最も気に入っているのは、光琳屋敷である。尾形光琳が自ら描き上げた図面と大工による仕様帖、茶室起し図を基にし、彼が最晩年の五年間を過ごした京都の屋敷を復元したものである。監修には数寄屋建築研究の権威、堀口捨巳博士が当たっている。

この屋敷の二階で、光琳の最高傑作ともされる、あの「紅白梅図屏風」が描かれたという。屋敷内の三畳の茶室は、光琳の号である「青々庵」と名付けられている。四季折々の風情を愉しめる茶庭もまた素晴らしい。

たった数時間で時空を超えて脱日常の体験ができる小さな一人旅を、これからもひっそりと重ねていきたい。

# 白秋の童謡

先日、福岡に出向いた折、北原白秋の郷土、柳川まで足を延ばした。

白秋は詩をはじめとし、さまざまな文学的な創作活動をしているが、私は童謡にこそ彼の資質と才能が発揮されていると思う。

大正七年、三十三歳のとき、鈴木三重吉が創刊した「赤い鳥」に選者として参加したのが童謡への取り組みの契機となったが、それ以降五十七歳で死去するまで創作をしなかった年はないほどに、童謡に情熱を注いでいる。その総数は、実に千二百篇にものぼる。

「からたちの花」「この道」「ペチカ」「雨ふり」「ちゃっきり節」「揺り籠のうた」「砂山」「待ちぼうけ」「ちんちん千鳥」等、誰もが知っている名曲がたくさんあり、今でも歌い継がれている。

白秋の詞に魅了された、山田耕筰、中山晋平、草川信、團伊玖磨などの当時の著名な作曲家が競って曲を付けることを望んだという。

そのなかで、私が一番好きな作品は、「この道」である。

　この道はいつかきた道
ああ、そうだよ、あかしやの花が咲いてる

あの丘はいつか見た丘
ああ、そうだよ、ほら、白い時計台だよ
この道はいつかきた道
ああ、そうだよ、お母さまと馬車で行ったよ
あの雲もいつか見た雲
ああ、そうだよ、山査子《さんざし》の枝も揺れてる

幼い頃は、美しいメロディなのにどことなくもの悲しい曲だと感じながら、詞から浮かぶ風景を夢みながら、のんびりと歌っていた。

白秋が、たくさんの悲しさや苦しさを抱え、別離や貧困に喘ぎながら童謡の創作に没頭し続けたことを知ったのは大学生になってからである。家を捨ててまでも手にしようとしたものに、白秋は必ずしも届かなかったのかも知れない。

いつの頃からだろうか。私は、あかしやや山査子の花の美しく咲くさまの中、お母さまと一緒に馬車で駆け抜けた時計台のある歌の風景は、白秋が手にしたものではなく、はるか遠くに夢見た風景ではないのかと思うようになった。

人は歳を重ねて、ようやく見えてくるものや解かることがある。白秋の童謡は、子どもためだけでなく、それを悟った大人のためにも存在しているのかもしれない。

# 金木犀

昨年は台風が多い秋だった。台風が過ぎ去ったばかりの十月十四日の晴れ上がった早朝。近くの駅までの道の角を曲がると、ふわっと懐かしい香りに包まれた。

「もしかして金木犀？」と思ったが、たしか九月の末に花が咲いてから、まだ間がないことを思い出した。既視感《デジャブ》かしら。でも、大好きな花の香りなので間違いはないはず。そう思って、足元に目をやると、昨夜の強い風のせいか、金木犀の花がたくさん零れ散り、小さいオレンジ色の絨毯ができていた。見上げると小さな星のような形の花が、まだ木に残っていた。

不思議な体験なので調べてみると、金木犀には、花が二度咲く年があり、どうやら今年はその年に当たっていると知った。しかし、すべての金木犀の株が二度花を咲かせるということでもないらしい。

本来、木犀とは白い花の銀木犀を差し、黄色い花の金木犀はその変種らしい。今まで金木犀の実を見たことがないのは、この木が雌雄異株であり、日本には雄株しか存在しないためであることも知った。

昔、母の実家に、それは大きな金木犀の木があった。その甘い香りに包まれながら、優しい祖父母と一緒に過ごした秋の懐かしい日々がある。私が金木犀の香りに惹かれるのは、あの香りが祖父母と過ごした幼い日々の記憶に重なるためかも知れない。

香りは記憶の深い部分に刻まれ、その香りと出逢うことで懐かしい情景が蘇るのかも知れない。

金木犀の花が咲いているのは、たった三日か四日。それは、あの華やかで個性的な香りにそぐわないほど、あまりに短くて儚い。

いくつもある金木犀の花言葉のなかで、私が好きなのは、「謙虚」と「気高い人」の二つ。その花言葉の正確な由来は知らないが、「謙虚」は、官能的な甘い香りが、大輪で華やかな花を想像させるのに、実際は小さな目立たない花であること、そして「気高い人」は、ひとたび雨が降ると、素晴らしい香りを惜しむことなく、潔く花を散らすためかと、自分流に解釈している。

大好きな香りに二度も逢えるなんて、金木犀からのスペシャルサプライズを受け取ったようで今年は素敵な年であった。

## 人生の上級者

昨年の九月、専門医試験を受験する娘のために一晩、一歳三カ月の孫娘のお相手を引き受けた。

数日後、娘から小包が届いた。中身はアメリカで大絶讃を浴び日本版として上陸した『advanced style』という写真集であった。

被写体は、著者でありカメラマンでもあるアリ・セス・コーエンが、ニューヨークの街角で出会った、お洒落でチャーミングな六十歳代から百歳代の女性たちである。

裏表紙には、ニューヨーク・ポスト紙から寄せられた「これは、盛りを過ぎた年配の女性たちではなく、むしろ先取りしている女性たちの美しいカタログだ」や、ハフィントン・ポストからの「このゴージャスな女性たちは、歳を重ねることを恐れず、私たちに何か将来の楽しみを教えてくれているかのようだ」等のコメントが掲載されていた。

『advanced style』というタイトルは、著者の考え方である「僕はoldという言葉をネガティブに考えたことはない。歳をとっているということは、誰よりも経験豊かであり、賢く、アドバンスしている、つまり人生の上級者なのだから。ここに出てくる女性たちは、社会が描く〈歳をとった女性〉というイメージにひるんでいない」に拠るものであろう。

著者のこうした考え方は、とてもお洒落でいつも生き生きとしている彼の祖母の影響によるものと彼自身が語っている。

自分らしい装いを個性的に着こなし、ニューヨークの街を颯爽と闊歩している彼女たちから、歳を重ねていくことへの勇気と希望とを届けてもらった気がした。

彼女たちに共通しているのは、表情・スタイル・ファッションを通して、自分自身を表現するお洒落を楽しんでいることと、そして今を現役で生きている充実感を漂わせていることであった。

若い女性は誰かのためにお洒落をするが、大人の女性は自分のためにお洒落をする。それ故、ある年齢以上の女性のファッションは、その人の知性、心の在り方、スピリット、その人そのもの、そしてどう生きてきたかを映す、いわゆるスタイルであると思う。

ファッションが流行や相手によって左右されるものであるのに対し、スタイルはその人の哲学や人生への姿勢を映す固有のものだ。

写真集に添えられた娘からのカードには、「ママ、有難う！　いつまでも、お洒落で生き生きしていてね」と書かれていた。

## 色彩感覚

美しく季節が巡りゆく日本。そこには、何千何万という自然の色彩が存在している。

日本人は、古くからそれらの色彩を愛おしみ、四季折々の景色になぞらえて名前を付けることを楽しんできた。そこに、日本人の繊細な色彩感覚と暮らしに根付いた審美眼を感じる。

深紫《こきむらさき》、朽葉色《くちはいろ》、今様《いまよう》、裏葉《うらは》等、これらの色彩を表現する名称は伝統色と呼ばれ、その趣のある響きから、なぞった自然のイメージを惹起することができる。

なかでも「青」は、とりわけ多くの伝統色を持つ色である。

「海」に囲まれた地勢で、「天空」を仰ぎ、「川」の恩恵を受けながらの農業や漁業に従事してきた日本人。「青」に囲まれての暮らし故であろうか。「藍」により染められた「青」は、こうして日本人の心に深く染み入り、愛されていったのだろう。安土桃山時代の小袖や陣羽織には、好んで藍染めが用いられたという。今でも「藍」は、ジャパニーズ・ブルーと呼ばれ日本を代表する「青」である。

甕覗《かめのぞき》は、とても淡い、色があるかないかの青色のことである。

その名前の由来には二つの説が知られている。ひとつは、藍甕に布をほんのわずかの時間しか浸さないため、布が藍甕を僅か一瞬、覗いただけだから、とする説。

そして、もう一つは、水を張っただけの甕に、真っ青な空が映り込み、それを人が覗いたときの色だから、とする説である。

水色にも遠い、浅葱《あさぎ》とも違う、淡い、淡い「青」をどう表現して名付けようかと、ひたすらに心を砕いたのだろうか。日本人の持つ美意識が生み出した、繊細で美しい表現だと感銘を受けずにはいられない。そこに、江戸時代の人々の洒落と粋さを感じるのは私だけでないだろう。今よりずって不便な生活であったはずだが、暮らしを愛でる心ぶりが偲ばれる。

四季の移ろいが鮮明でなくなりつつある今の日本だが、先人の残した素晴らしい日本語、伝統色を大切に残さなくては勿体ない、と思っている。

## トレンチコート

秋が近づくとコートが恋しくなるが、今やトレンチコートは女性たちにとって根強いお洒落アイテムになっている。

その代表が、百年以上の歴史を誇るイギリス「バーバリー社」のトレンチコートだろう。今でこそ男女ともに永遠のスタンダードの位置づけだが、もともとは第一次世界大戦で兵士たちを護るための戦闘服であった。

バーバリー社の創始者、トーマス・バーバリーは生地屋であったが、国のために闘う戦士たちのために工夫を重ね、撥水性と通気性に富み防寒に有用な生地を考案して、コートを作製した。

それが将校たちのあいだで大評判となった。それを知った軍からの要望に応え、頸部と手首に防寒性と防風性を高めるためのストラップを装備し、ウエストベルトに剣や手榴弾を収めるためのD環リングを付けた。軽くて撥水性に富んだベルトは、兵士たちの止血帯として、しばしば用いられたという。

肩の部分にある当て布は、ライフルを構えるとき、その部分の生地が傷むことを防ぐためのガンフラップである。それはまた、ライフルを撃つ際に、自分への衝撃を和らげるための工夫でもあった。背中のエークには、雨を下に落としやすくし濡れないための工夫から生まれた。

因みに、トレンチとは塹壕を意味している。のちに国への貢献と見事な機能美を評価され、「バーバリー社」のトレンチコートはロイヤルワラントを授与された。この頃から、お洒落な女性たちのあいだでトレンチコートへの関心が広がったという。

しかし、女性たちのトレンチコートへの憧れに火をつけたのは、なんといってもオードリー・ヘップバーンに違いない。彼女が映画『ティファニーで朝食を』で、きちんと襟をあわせボタンを留め、ベルトをきつく絞って着ていたトレンチコート姿は格別に愛らしく、かつ上品でいつまでも忘れることができない。

そして『シェルブールの雨傘』でのカトリーヌ・ドヌーブ。大人の女性らしくボタンをわざと外し、さり気なくトレンチコートを着こなしていた。ベージュのコートの翻った裾から、エレガントな配色のバーバリー社の例のタータンチェックがちらりと覗いていた。

題名は忘れてしまったが、ジェーン・バーキンが映画のなかで見せていた、黒のトレンチコートを腕まくりをして着ていたハンサムな姿も魅力的で忘れがたい。永い時を経て、今もトレンチコートは新しく美しい。

## ハカ

ラグビー・ワールドカップ二〇一五イングランド大会。前回の覇者、ニュージーランドのオールブラックスが、フランスに62対13で圧勝し、準決勝進出を決めた。準決勝に進出したのは、南アフリカ、ニュージーランド、アイルランド、オーストラリアである。

オールブラックスが、試合前に行う儀式「ハカ」にすっかり魅せられている。鍛錬した屈強な肉体の男たちが、精神を集中した表情で、手を叩き、足を踏み鳴らし、声を上げて行うパフォーマンス。試合に備え、自分の力を誇示し自らを鼓舞しながら、同時に相手への敬意も表しているハカに、男性ならではの強さ、逞しさ、美しさそして強い意志を感じて圧倒されてしまう。

英語では、戦いのための雄叫び「War Cry」、日本語では、「鬨《とき》の声」とでも表現したら良いのだろうか。

ハカは、ニュージーランドの民族舞踊で、相手に対する敬意や感謝の意を伝えるための舞踊として、結婚式や葬儀を初め、歓迎式典や開会式・卒業式など、さまざまな場面で披露されているそうだ。そう言えば、私が初めてハカを見たのも、ニュージーランドを訪れた外国からの国賓の歓迎式典を放映したテレビの映像であった。そのとき感じた圧倒的な迫力と高揚感は、私にとって今でも忘れることができないほど衝撃的で魅力的であった。

その起源は、ネイティブニュージーランダーで構成されたラグビーチームであるニュージーランド・マオリが試合前に行った舞踊に由来し、ラグビーニュージーランド代表(オールブラックス)に受け継がれたという。そのハカは「カマテ」と呼ばれている。

一九〇五年のイギリス遠征に際し、オールブラックスが戦いの要素を取り入れたハカを初めて披露し、それ以降、対戦を望んでくれた相手チームに対する敬意を表す意で踊られている。

誰がハカを率いるのか、あるいはどのハカを行うかは、試合前にその都度話し合い、チームの状態や対戦相手により決定されるという。

ハカを先導する役のリードは、例外もあるがマオイ族の血統を持つ選手が選ばれることが伝統となっている。オールブラックスのカマテは、試合前に練習と打ち合わせを重ねることにより、より洗練されたパフォーマンスとして高い完成度を維持しているという。

トンガ、サモア、フィジーにもハカが存在し、それぞれ「シビタワ」「シヴタウ」「シンビ」と呼ばれている。

十月二十五日に行われる準決勝の相手は南アフリカだ。躍動的な試合とハカを見ることを今から楽しみにしている。

## ナイアガラの滝

学会に出席する家人に誘われて、ナイアガラへの旅をしてきた。若い頃には、お互いに仕事と子育て（こちらは、もっぱら私？）に追われていた。そしてその後、しばらくは両親の健康が気がかりな時期が続いた。

だから、ここ数年、家人が誘ってくれた時は、なるべく同行することにしている。気のおけない後輩の女医さん達が、クリニックの代診を引き受けてくれることも、気持ちの上で大きい。

ナイアガラで宿泊したマリオットホテルの部屋は26階であった。到着してすぐに何気なくカーテンを開けた途端、息を呑むような大きなスケールの滝の光景が目に飛び込んできた。美しくカーブを描く巨大なカナダ滝とその奥に在るアメリカ滝の二つが、圧倒するスケールと迫力とで、すぐ目の前に拡がっていた。

まず、水の色が美しい。白い水しぶきと絶えず泡立つ波を神秘的なものとしているのは、なんといても真っ青な水の色だろう。水の色は、太陽光線と水に含まれる藻によって決まるらしい。そのため、天気と水中の藻の成分により刻々とその色が変化していく。

神秘的な朝焼けの中での、虹が架かる眩いばかり青空のもとでの、静謐で厳かな夕暮れ時の、そして綺麗にライトアップされた夜の、それぞれの滝の光景を、窓の傍のソファーにもたれながら、一日中ただ時間の過ぎる儘にうっとりと眺めていた。

旅の醍醐味は、何と言っても日常からの脱出である。仕事からも家庭の雑事からも解放されて、全く違う土地で自分を解き放つことができる。ナイアガラの滝は、日常から最も遠く切り離された光景のため、一日中、眺めていても全く飽きることがなく、最高の気分転換ができた

眺めているだけでは飽き足らず、ついには間近で眺めたくなり、人気の観光船「霧の乙女号」に乗り込んだ。配られたビニールのポンチョ型レインコートを身にまとい、エレベーターで地下三十八メートルまで下りて乗船。船は、カナダ滝の正面から全速力で、巨大な水のカーテンのすぐ直前まで近づき、絶妙な舵取りで、しばし停泊してくれた。

船の最前列に陣取り、滝の至近まで迫った私は、轟音とともに大量の水しぶきの洗礼を受けることに。ナイアガラの滝は、自然界に於ける世界最大量のマイナス・イオンを産み出しているとされている。その量は、山のきれいな空気の二千立方センチに比して、なんと十万立方センチだとか。

世界最大級のマイナス・イオンの洗礼をもっとも近くで受けた私。きっとその恩恵に預かれるのではと期待している。

## 神無月

旧暦十月は、神無月《かんなつき》呼ばれている。全国の八百万《やおよろず》の神々が、出雲の国に集まり、その他の土地では神様が留守になるとされているためだ。

一方、神々が集うとされる出雲では、神在月《かみありつき》と呼ばれ、各神社で、神々のための神事が執り行われる。

「神迎祭《かみむかえさい》」に始まり、「神在祭《かみありさい》」そして、お見送りするための「神等去出祭《かみさでさい》」などである。

最近、神話と出雲に強く惹かれ撮り続けている写真家、古川誠氏の写真集「ＭＡＴＵＥ」を手にする機会があった。そして、その中の一枚を目にした途端、記憶の奥に在った幼い頃の情景がフラッシュバックのように鮮やかに蘇る不思議な体験をした。

その写真は、稲佐の浜での神迎祭を撮影したものだった。夕刻、かがり火がいくつも焚かれた夕浜で、白い縄が張り巡らされた斎場に神籬《ひもろぎ》が二本、傍らに竜蛇神が海に向かって配置されていた。まるで、はるか遠くの海や山々、あるいは空から神々が次々と降臨して来るのを待っているかのような、清々しく、張り詰めた空気が漂っている写真であった。

その写真を見て、私は、幼い頃、両親と共にその写真と同じ情景の中に居たことを確信した。たくさんの提灯が並び、奏楽が奏でられる中を、大勢の参拝者と共に、両親に手を握られながら、延々と歩いたことも思い出した

稲佐の浜での神々の出迎えの後、出雲大社に向かい、そこで「神迎祭」が執り行われ、神々がようやく旅宿である東西の十九の社に鎮まることをネットで調べ、その写真と幼い頃の私のおぼろげな記憶とが見事に重なった。

全国から集う神々は、旧暦の十月十一日からの七日間、人には知ることが叶わない人生諸般の事々を神議《かみはかり》に掛けて決める。男女の結び合いもこの神議に拠ると伝えられている。

出雲の人々は神在祭の間、神々の会議や宿に粗相が無いように、歌舞を控え、家を営まず（家を建築しない）に静かに穏やかに過ごすという。

最後に、出雲大社の境内にある十九社に居た神々が拝殿に移動し神官に「お立ち〜」と唱えられ出雲大社を去るのが「神等去出祭《かみさでさい》」である。それを機に神々は、それぞれの国に還る。

幼い頃の頃の記憶が、五十年以上も経って、一枚の写真を見たことではっきりと蘇り、自分がどういう状況にいたのかを理解できたことは、とても不思議な体験であった。普段は、奥深く眠っている幼い頃の記憶が視覚による刺激で蘇ったのであろうか。人間の持つ記憶機能の不思議さを改めて感じた。

いつか、あの稲佐の浜の夕刻に立ち、今度は大人として、あの神秘的な「神迎祭」に立ち会えた

らと思っている。

## 流行作家

小説家が、一度人気作家になり出版する本が次々とヒットするようになると、ファンは次作を期待し、出版社も莫大な資金を宣伝費につかう。こうしたプラスのサイクルが順調に回り出すと、作家は締切りに追われながら腕を磨き、出版社は多くのファンが殺到して購入するため、経営的に安定する。村上春樹氏も、そうした作家のひとりで、毎回、出版日には、前夜から書店の前に並ぶファンの長い行列ができ、マスコミがそれを伝えている。

「ハリーポッターシリーズ」の作者、J・K・ローリング氏も、こうしたプラスのサイクルを世界的に展開している一人で、このシリーズは、大英帝国勲章をはじめ幾多の賞を獲得し四億部以上が出版されている。

この女流作家が、世に出るまでのエピソードはユニークで今や伝説化している。

そのローリング氏のちょっとした試みが、今話題を集めている。無名の男性になりすまして探偵小説を出版していたのだ。

英紙サンデー・タイムズが、この事実を突き止めて報道し、それを受けた彼女は、「もう少し長く秘密にしておきたかった」とコメントし、「人知れずに出版し、読者や出版業者の反応を探るのは本当に楽しかった」と述べている。

　順調に廻るプラスのサイクルの只中に身をおき大成功を収めながら、もういちど真っさらの状態で、自分の実力を世に問い直し、忌憚の無い意見と反応とを求めたかったのだろう。あれだけの人気を博しながら、今の自分の本当の実力を世に問おうとする気概に驚かされる。作家としての冷静な視点がそこに在る。

　覆面小説は、ロバート・ガルブレイスという作家の処女作として、「ザ・クックーズ・コーリング」の題名で出版されたが、処女作にしては、あまりに完成度が高く、評論家の評価もずば抜けて高いことから、サンデー・タイムズが取材を開始し、その過程で事実が解明されたらしい。その間、わずか三カ月の秘密であったが、彼女は、その結末をどのように受け止めているのだろうか。たいへん興味深い。

## ダイアモンド

　この美しく稀有な物質が生まれたのは、三十二億年も前のこととされている。地底の奥深く、想像を絶する高温と圧力を受けて結晶化し、地球の火山活動によりマグマとともに噴出。その後数百万年にも及ぶ果てしない時間と、厳しい自然環境に晒されながらの長い旅の中、いくつもの自然の奇跡が重なってダイモンドは生まれる。

婚約の際、愛情や未来への誓いの証として、ダイアモンドの指輪が贈られる習慣は、どのようにして生まれたのだろう。

その発端は、旧く十五世紀に遡るらしい。オーストラリアの名家ハプスブルク家のマキシミリアン大公が、許嫁グルゴーニュ公女マリアに贈ったものが、史実に残る初めてのダイアモンドの婚約指輪とされている。

ダイアモンドが愛情の象徴として選ばれたのは、その希少さと美しさからだけではなく、他のいかなる物質によっても傷つけられることがない無比の硬さが、愛の永劫性を願う思い繋がるからであろう。

ダイアモンドの資質は「４Ｃ」と称される、カラット・カラー・クラリティ・カットの四つの要素によって表現される。天然の鉱物であるからこそ、４Ｃの組み合わせによってひと粒ひと粒が異なり同じものは二つと存在しない。だからこそ、人間は、たった一人の運命の人と出会えた幸せをダイアモンドに託すのかも知れない。

中世では、愛情の静脈が、左手の薬指から心臓に流れていると信じられていた。それが愛されている女性の証として、左手の薬指にダイアモンドが輝くようになった由縁らしい。ダイアモンドには愛にまつわるエピソードがたくさん残されている。

十六世紀、英国を統治し発展させたエリザベス一世。女王は恋仲であったウォルター・ローリー卿と、周囲の目を偲びながら愛を交し合ったという。彼女は、その硬度を利用し、窓ガラスに二人だけに通じる暗号のメッセージを、ダイアモンドの指輪で刻んだという。

それは、どのようなメッセージであったのだろう。英国を統治すべき厳しい運命に生まれた女性にも、心ときめく幸福なひとときが存在したのだ。

長い歳月、世界中でダイアモンドを贈る風習が受け継がれているのは、この宝石が、資産的価値を持つだけでなく、人生のさまざまな場面を祝福し喜びを倍増させるほどの輝きと美しさを備えているからに違いない。

祖母から母へ、母から娘へ、そして娘から孫娘へと、女性の人生の歴史と特別な思いを込めてダイヤモンドは世代を超えて受け継がれていくのだろう。

## 4低

先日、同じ医科大学出身の女性小児科医六人でイタリア料理を楽しむ機会があった。年代は違うが、それぞれに勤務医あるいは開業医としてフルに活動しているメンバーである。

お酒も進み、弾む会話のなかで「4低《よんてい》」という耳慣れない言葉を耳にした。若い後輩によると、なんでも現代の女性が男性に求める結婚の条件だそうだ。

かつて、モテる男性の条件は、「高学歴・高収入・高身長」の「3高」であった。みんなが上昇志向にあり、見栄を張り、更に良い暮らしをと望んでいたバブル期である。そんな時期には、そうした生活を手に入れる可能性がある見栄えの良い、収入の多い男性が求められたのだろう。

しかし、やがてバブルは見事に弾けた。その反動で、人々は堅実な生活、個人的な生活を大切にするようになった。そうした安定志向を反映してか、普通であることが何よりも大切とされ、理想の男性像は、「平均的年収・平凡な外観・平穏な性格」の「3平」へとシフトした。「モテすぎて浮気の心配をしないですむ程度のルックスで、温厚な性格の相手と、喧嘩をせず、ストレスを感じないで、まあまあな日常を送りたい」という結婚観からであった。

そして今は、さらに進歩し(?)、本年度実施された、オリックス生命保険の「節約とプチ贅沢に関する実態調査」によると、女性が求める男性像を「4低」と定義したらしい。それが、会話に出てきた「4低」すなわち「低姿勢・低依存・低リスク・低燃費」の男性である。

「低姿勢」は、女性に威張らない、「低依存」は、家事をはじめとする日常生活を女性に頼らない、「低リスク」は、リストラされる可能性が低い、そして「低燃費」は、堅実で節約できる、ことを意味するそうだ。

しかし、このような「4低」の男性が、はたして結婚を望むかはどうか疑問である。

一方、男性が女性に望む「4低」は、「低姿勢」は男を敬う、「低依存」は自分の都合で男に頼らない、「低リスク」はヒステリックな鬼嫁や鬱にならない、「低燃費」はブランド品を欲しがらず、美容関係のお金をかけない　だそうだ。

男性と女性の結婚の条件には、かなりな乖離があるように思う。こんな感じでは、なるほど成婚率も出生率も低くなるのが頷ける。

# 冬

# 山茶花

木に花が咲く風情が好きで、侘助、山桃、枝垂れ桜、百日紅、沙羅、花みずき、山茶花、椿など、少しずつ趣味に合う庭木を植えているうちに、一年中いつも何かの木に花が咲いている庭になった。それでも冬に咲く花は少なく、だからこそ寒さのなかで凛として咲いている姿には心魅かれる。山茶花もそのひとつ。晩秋から初冬にかけて、さり気なく花を付け、冬を迎える時期が訪れたことを知らせてくれる。椿に似ているが、どことなく椿よりも控えめで寂しく、花も葉も木も小ぶりである。

わが家にも、門の傍らに白い花を付ける山茶花の木があるが、あまりにさり気なく咲き始めるので、地に散った花びらを見つけて、ようやく咲いていることに気づくこともあるほどだ。

一度咲き始めると、深い緑色の艶のある葉の合間から、次々と清楚で純白な花を溢れるように咲かせ、まるで散り急ぐかのように、わずかな風にもはらはらと散り、木の下の黒い地を一気に白一色に染め上げていく。

その様子を眺めるたびに、冬のあいだ堪えてきた花の生命力が静かに迸《ほとばし》っているように思え、そのすがすがしさに胸を打たれる。

さり気なく咲き、そして儚げに散る山茶花は日本人の心に響くのだろうか。多くの俳人によって詠われている。

山茶花のここを書斎と定めたり　（正岡子規）
山茶花の一輪ひらき他は要らず　（野賀秋乃夫）
山茶花の散りしく月夜つづきけり　（山口青邨）

私にも山茶花にまつわる忘れられない情景がある。私の結婚が決まり両親と三人で京都へ旅した折に、詩仙堂の庭で遭遇した、白い山茶花がものの見事に咲いていた情景である。枯れたような古い黒い巨木の幹から、這うよう何本もの太い枝が伸び、そのどれもが数え切れないほどに清楚な真白い花を抱いて、書院の南の面を覆い尽くしていた。

辺りがほの暗くなり始めた時刻だったのだろうか。白い花々がまるで夕闇に浮かび上がるかのように咲き連なり、そこだけが、ぽっと明るくなっているような幻想的な情景だった。

何十年も前にただ一度だけ見た情景なのに、今でも一幅の画のようにまざまざと思い出すことができる。

書院の南側といえば、寺院の庭で一番目立つ場所である。そこに、控えめな楚々としたこの木を選んで植えたのは、一乗寺に草庵、詩仙堂を結んだ漢詩人・石川丈山とされている。

丈山は、もともとは徳川家康に仕える武人だったが、大坂夏の陣で功を成し遂げたのち、突然三十三歳の若さで出家を遂げた。

つまり、あのとき三人で眺めた白い山茶花の巨木は、江戸時代から四百年もの時を経て、なお生命を永らえていたのである。それを思うと、あの時咲いていた花の瑞々しさと勢いに深い感慨を覚えずにはいられない。

残念ながら、その丈山、遺愛の山茶花も数年前に生命尽き、枯れてしまったと聞く。そして、共に眺めた父もすでに逝ってしまった。

いつのまにか、私もあの頃の父の年齢に近づき、嫁ぐ娘を旅に誘う親心も理解できるようになった。身体も心も大きく、豪放磊落なそれでいて洒脱な父だった。

いつ頃からだろうか、あの「詩仙堂で遭遇した白い山茶花の幻想的な情景」を思うとき、「すべてのものは永遠ではない」という切ない真理が伴うようになった。

それは、きっと「今を大切に生きなさい」という父と自然からのメッセージなのかも知れない。

## 梅の花

昨夜来、降り続いた雪が庭一面に白く積もり、朝の暖かい日差しにまぶしく映えて美しい。

ふと見上げると、梅の枝がその上にやんわりと積もった雪の重さにしだれている。そっと雪を払うと、わずかに膨らんで色付き始めたまだ固い蕾がいくつか春を待つかのように可憐に並んでいた。

「思いのまま」と名づけられたこの梅は、私の秘かな自慢の庭木である。野梅性の八重咲きで、ほどよい大きさの中輪の花を毎年たくさん付ける。

早春に、ひとつの技に紅色(桃色に近い)、白色、爪紅(花弁の先だけ赤い)、半染め(白色と桃色の絞り)など、それぞれに個性的な花が連なって咲き、冬のあいだ色彩のなかった庭に、あでやかに春の訪れを告げる。接ぎ木などではなく、元来そうした花付きをする紅白同木の珍しい梅の種類である。

別名「輪ちがい」とも呼ばれているらしいが、私は「思いのまま」というネーミングのセンスに魅かれる。この梅が早春に花を付け始めると、名前の持つイメージと相まって、幸せのメッセーシが届いたようで、毎年ながら「今年も春から縁起が良いわい」と一人で悦に入っている。「思いの外」のことばかりが多い日常を、しばし忘れさせてくれる優れものである。

この梅を勧めてくれたのは、八十歳を超えてなお現役でばりばり活躍中の、いなせで粋な植木屋さん。聞くところによると彼は今、ジーンズのポケットに英語の辞書をはさみ、大好きなチェック柄のシャツを着てスニーカーを履きながら颯爽と、ヨーロッパ中の庭園をめぐる一人旅を自由気儘にしているらしい。八十歳にして「ヨーロッパ思いのまま」の旅。見事な生き方である。

# 江戸椿

寒さも増し、今年もまた椿の季節が近づいた。椿は花の色も形（花容）も実にさまざま。花の色は黒赤から濃い赤、紅、淡紅、桃、白までと幅広くあり、何色かがまじった絞りも。花の形（花容）も一重、八重、二段、牡丹そして獅子など多種多様である。花の色と形の組み合わせとによって、その印象はまったく変わる。学名はカメリア・ジャポニカだが、その品種は六千種にも及ぶ。

学名の如く、もともとは日本原産の常緑樹であるが、今では世界中で最も多く栽培され、鑑賞されている三つの花木の一つとなっている。因みに残りの二つは薔薇と石楠花である。フランスで白いカメリアがシャネルのシンボルになっていることは良く知られている。

江戸時代、将軍徳川秀忠がこの花をつとに愛したことにより品種改良がなされ、さまざまな色や咲き方の江戸椿が生まれた。同じように、それぞれの地方で独自の椿の品種が次々と作られてきたのであろう。それらの椿の名称は、花色と咲き方を実に上手に映していて趣き深い。紅丸、春の台《うてな》、熊谷、鳴神紫《なるかみむらさき》、鳳凰孔雀、藪椿、草紙洗、赤の卜伴《ぼくはん》、黎明、紅荒獅子《べにあらじし》、不如帰、玉の浦、黒鬼、桜風、光源氏、羽衣などなど。古い日本語の美しさを改めて思うとともに、いかにこの花が昔から多くの人に愛されてきたかが偲ばれる。

解くすべもない深い惑いを背負い、その解を求めて漂泊の旅を続けた俳人・種田山頭火もその一人なのかも知れない。

笠へぽつりと椿だった
おのれにこもる藪椿咲いては落ち
住みなれて藪椿いつまでも咲き
ぬくうであるけば椿ぽたぽた
椿赤く思ふこと多し
何が何やらみんな咲いてゐる

と、花の六句「草木塔」「其中日記」のなかに記している。
「椿」という字は、この花こそが春の訪れた歓びを伝えるのに、もっとも相応しい花と認められてのことかもしれない。

## マリアの薔薇

十二月も中旬となり、寒さも本格的となったこの頃。庭の片隅でハーブのローズマリーが小さな青い花をひっそりと付けている。針のような葉とすっきりとした強い香りを持つこのハーブは、ラテン語で「海のしずく」を意味する「ロスマリヌス」と名付けられている。

立ち性とほふく性を持つため、ほとんど手入れを必要とせずに、いつの間にか大きく育ち、近づくと特有な香りを漂わせている。その枝葉を気軽に摘んで、いつでも料理に使えるのでとても重宝している。葉の強い香りは、肉や魚の料理に用いるとその臭みを消し、風味を引き立ててくれる。

生のままでも乾燥させても葉の香りは変わらず、料理で熱を加えても香りが持続するため、とても使いやすいハーブである。

特にクリスマスシーズンには大活躍する。欧米ではクリスマスに教会や家々の戸口に、ローズマリー、ローリエ、ヒイラギなどの鉢植えやリースを飾る習慣があるが、これは常緑の植物には魔よけの力が潜むという信仰に基づいているそうだ。ローズマリーはこうした魔よけの飾りとしてだけでなく、クリスマスに欠かせないロースト料理に用いるハーブとしても知られている。ローズマリーがクリスマスに盛んに用いられるのは、ある伝説に拠るとされている。

その伝説とは、聖母マリアが幼子イエスを抱きエジプトに逃れたときのこと、イエスの命を狙うヘデロ王の兵士の追跡から聖母子を救うために、ローズマリーがその生垣の茂みを突然大きく左右に開いて匿ったというものだ。そのときマリアが身に纏っていたマントを茂みに投げたところ、それまで白かった花が今のような青い花に変わったとされる。それ以降、この植物は「マリアの薔薇」すなわちローズマリーと呼ばれるようになったそうである。

七、八年前にこのロマンチックなエピソードを知り、ぜひその花を見たいと思ったのが栽培のきっかけだったが、今ではもっぱら葉を摘んで料理やハーブティーに使うなど、実用的に楽しんでいる。ちなみにローズマリーには、血液循環を促し老化を防ぐ薬効成分が含まれており、別名「若返りのハーブ」とも呼ばれている。

## 写生のこころ

一月二十一日の朝、目覚めると庭は一面真っ白な雪の世界だった。静かに柔らかそうな雪が、まだ降り続けていた。こんな大雪は何年ぶりであろうか。しんしんと雪の降る景色をただ眺めていた。ふと、正岡子規の「いくたびも雪の深さを尋ねけり」の句が思い出された。子規が晩年に病床で詠んだ句である。障子ごしに雪の降る気配を感じながらも、それを起き上がって見ることすら叶わぬほどに病状が進んでいたのだろう。

それでも、そばにいる家人に雪の積もる様子を何度も尋ねずにいられなかったのは、雪にまつわる懐かしい思い出のせいであろうか。それとも、あくなき創作への情熱のためであろうか。いずれにせよ、自分の目で確かめられぬ寂寥《せきりょう》感が惨む。

洋画の技法である写生を俳句の世界に適用し、その情景のなかにさまざまな事象を詠み込み、現代俳句のきっかけを作った子規だが、わずか三十五歳でその生涯を終えている。東大を中退し、新聞社に勤めたのちすぐに病に伏したため、ほとんどの仕事は病を得てから病床でなされたものである。

　絶筆の「糸瓜咲て痰のつまりし仏かな」の句は、自分の死さえも客観的に写生してしまう天才の冷徹な視線がそこに在って、切なさに胸を突かれる。俳句的態度の到達点と言えよう。

　肺結核に罹患し、治療の甲斐もなく進んでいく病状に、この才気溢れる若き俳人はどんな思いを抱いていたのだろうか。

　俳号は本名の常規から一字をとり、「ほととぎす」を意味する子規とした。ほととぎすは鳴いて血を吐くといわれる。血痰を吐く自分をからかったのか、それとも血を吐くまで俳句を詠もうとした思い故か。今を生きる三十五歳と比較するすべもないが、若くしてなんと達観した心境なのだろう。

　永らく病に侵されながらも、最期まで俳人として生き抜いた意志の強さと、それを可能にした類稀れな才能に圧倒される。

　門人たちは、起き上がれぬ子規のために庭に糸瓜棚を作り、多くの草花を植えて季節を伝えたという。障子越しに眺めたであろうその小さな世界から、あれほど完成度の高い句を生み出すとは。天才のあまりに短い人生が惜しまれてならない。

　ふと、気が付くといつの間にか雪はやんでいた。

## 生き方の工夫

どうやら「人の一生」というものを考える年齢に行き着いたようである。そして、それは、これからをどう生きるかを考えるうえで必然なのかも知れない。

ドイツの心理学者エリック・エリクソンは、人生を八つの年代に分析し、五十五歳までを「中年期」、六十五歳からを「老年期」としている。還暦をむかえる六十歳前後は、このはざまの「向老期」に属するらしい。「向老期」は、ものの見方や時間の感じ方が大きく転換するため、「第二の思春期」とも呼ばれているそうだ。

ボーヴォワールは著書『老い』の第五章「老いの発見と受容」のなかで、「老いの受容、老いをわが身に引き受けることが、とくに困難なのは、われわれが常に老いを自分とは関係のない異質なものとみなしてきたからである。私は依然として私自身であるのに、別の者となってしまったのか」と書いている。諦めることが嫌いで苦手な彼女らしく、社会的にも個人的にも「老い」に対して強い抵抗の姿勢を示している。しかし、当時六十三歳の彼女が、自らの「老いの自覚」に啓発されてこの本を書いたことは、文中の各所からも明白である。著名な哲学者であり、思想家でもある彼女をしても、老いを受容することは難しかったのであろう。

「向老期」には、老眼、もの忘れ、疲労感など、今まで思いも寄らなかった身体的な衰えを意識するようになるが、精神的にはまだまだそれらをものともせずに、老いと距離を保っていることが可能である。

しかし近い将来に、「老いが突然襲ってきた」と嘆かないためには、自分を欺かずに「老いの自覚」を素直に受容し、孤独が傍らにあろう将来の生活を愉しむための手だてや心づもりをしておくべきだろう。

理想は、「社会的な隠退」と「こころの隠退」とを自分の意識のなかでうまく融合させ、自然な段階を経て社会から退き、その後の個人的な生活を慈しんで過ごすことではないだろうか。それには、まず自分で「自分というもの」を良く理解していることが前提となる。

これからは、若いときと違い、生きる目標を外界に設けるのではなく、自分の内界を見つめて残ったものを大切にしながら、自分の心と身体の健康と幸わせを最大の目標として、上手に生き方の工夫をし、愉しんで日々を重ねることこそが大切なのだと思う。

## 山茶花梅雨

「立冬」。秋が去り、本格的な冬になる前の静かで落ち着いた佇まいのこの時期が好きである。しかし年々、この時期に抱いていた季節感と現実の季節現象への趣きが隔たりつつあるように思う。今年は特にそれを実感した。

「立冬」の「立」には、新しい季節の始まりの意味合いがあり、「立春」「立夏」「立秋」とともに、「四立《しりゅう》」と呼ばれ、日本の季節を分けている。今年の立冬は十一月八日であった。

従来なら、北の地方の山々の初冠雪を報じるニュースが届き、空気の冷たさを肌身に感じて冬の到来を実感し始める時期であるが、今年は十月並みの二十度を超える暖かい日々が長く続いた。このため、順調に進んでいた紅葉も、十一月に入ってから急にペースを落とし、色づきもいまひとつで残念だった。

秋から冬にかけての立冬の頃の長雨を山茶花梅雨《さざんかつゆ》と呼ぶ。寒さに耐えながら健気に咲く山茶花に、長雨が降り注ぎ花びらを散らす様子は、冬の訪れを思わせる寂寥感溢れる情景であり、季節感が漂う美しい日本語である。日本人はそれぞれの季節に寄り添うように暮らしながら、季節感を磨いてきたのだろう。

山茶花は、寒さに耐えながら咲くものと思っていたので、二十度を超える暖かい気候のなかで、この花が咲いている様子には少し違和感を覚えた。地球の温暖化は日本の気候にも変化をもたらし、自分の体に沁み込んでいる季節感と隔った自然現象にたびたび遭遇するようになった。季節感とともに時節の趣きも変わった。立冬の頃は、歳末、新年の慌ただしい時期に突入する前の静謐な印象を与える日々があった。

それがここ数年は十一月もまだ初旬、暖かい日々が続いているというのに、すでに六本木の欅坂の並木道にはイルミネーションが華やかに施され、ディズニーランドでは、クリスマスパレードやツリーの点灯が始まって、一気にクリスマスモードが高まっている。本屋さんには、もう来年のカレンダーや手帳が並べられ、クリスマスケーキはもちろんのこと、おせちや年賀状印刷のダイレクトメールもどんどん送られてくる。ここ数年で突然日本に浸透した十月のハロウィーンの大騒ぎの後は、一気にクリスマスモード、新年の準備に突入している。自然のなかで季節を感じながら暮らすというより、商業ペースでのイベントが季節を先取りし、それに追い立てられて季節を「こなしている」かのような感覚が否めない。

今の日本では、季節に寄り添いながら暮らすことも、なかなか困難になってしまったようだ。

## グリーンフィンガー

子育てが一段落した二十年ほど前から、庭いじりをするようになった。

いろいろな失敗もしたが、だいぶ知識も増えてきた。なによりも肌に感じる風や陽射しの変化や植物のようすから季節の移ろいを感じられることが嬉しい。庭いじりから私が学んだことは決して少なくない。生命の輝く仕組みや、生きる摂理のようなものを植物のようすから実感し、それを人生で起きるさまざまな事象と重ねて考えることも少なくなかった。

植物に接しているとスローな気分になる。収穫した梅やレモンを、時間をかけて煮てジャムを作ることは楽しい仕事で、不揃いで多少の歪みもあるが、新鮮な香りが立ち込めて味も濃く得した気分になる。
孫娘のために、秋に植えた百個ものチューリップの球根が、今年の寒さのせいであろうか、なかなか芽を出さずに心配した。クロッカスやクリスマスローズの花に見とれ、桜の花に目を奪われているうちに時間が過ぎ、ふと見ると、いつの間にかチューリップたちはすっくと茎を伸ばし、さまざまな色の固い蕾がその先端で膨らんでいた。先週末は花盛りとなり、遊びに来た孫娘と楽しく花を摘んだ。

時期が来ても、咲くための条件が整わなければ花は咲かない。それは毎年、必ずしも決まった時期とは限らないという当たり前のことを改めて認識し直した。人生のさまざまなことも、きっとそうなのであろう。

そうしている間に、冬に剪定し寒肥を施し、消毒を済ませたイングリッシュ・ローズたちが、数えきれないほどの蕾をひっそりと抱えていることに気づいた。毎年、一番先に咲く花は決まっていない。その年の気候に一番適した薔薇が咲く。植物たちはいつも自然の摂理に正直で誠実である。

四季折々の花が元気に咲き、木に実をたくさん付けるためには、陰でいろいろな労力が求められる。まず、土を元気にしなければならない。冬の体力作りの時期には腐葉土や牛糞などのゆっくりと効いてくる自然の有機肥料が、夏の花盛りには即効性のある化学肥料がそれぞれ必要である。そして、わずかな微量元素も加えなくてはならない。剪定は、厳し過ぎるとすると樹勢の元気がなくなり、緩すぎると纏まりがなくなる。渇きに耐えてこそ根を伸ばし、最低量の肥料でこそ根を強く張る。つまり、多すぎる施肥や水やりは植物のためにならない。「ジャストイナフ」が望ましい。古いものは自然と枯れて姿を消し、新しい生命にその場所を譲る。生命の継続のためのルールに植物は黙って従っている。

これらの体験を通し私は、植物から教育と生き方についての哲学的な示唆をたくさん受け取ったと思う。植物の世話が上手な人をグリーンフィンガーと呼ぶそうだが、私も少しずつ、そうなってきたかも知れないと密かに思っている。

## 酉の市

十日ほど前のこと。浅草鷲神社《おおとりじんじゃ》が二の酉の市で賑う様子がテレビのニュースで流れた。子どもの頃、毎年のように父に連れられて、浅草の酉の市に繰り出したことが懐かしく思い出された。

多くの人が行き交う凄い人混みのなかを、速足でさっさと歩く父の上着の端を必死で掴みながら、はぐれないように付いて行ったことを覚えている。背の高い父が、半被を着た威勢の良いお店の若衆と、丁々発止と値引きのやり取りをし、大きな熊手を颯爽と買う様子を眺めるのは楽しかった。

その掛け合いは実に見事でスピーディで、あっという間に終わり、賑やかな掛け声と景気の良い手拍子とで締められた。子どもながらに双方とも、いかにも粋で、男らしく、大人っぽくて素敵だなぁと憧れながら見つめたものだ。

おかめや小判や七福神などの縁起物が、これでもかと飾られた大きな熊手を肩に担ぎながら、帰り道、父は「熊手を買うときには、勢いよく負けさせて元の値段（言い値）で、景気よく、はいよ、御祝儀！　と買うものだよ」と笑いながら教えてくれた。もう五十年以上も前のことなのに、ニュースを見たことで、そんな会話が鮮明に蘇ってきたのには自分でも驚いた。

そうだ、今年は三の酉まである！　そう思うと居てもたってもいられなくなった。

十一月三十日の三の酉には、近所の目黒の鷲神社に出向き、何十年ぶりに酉の市の賑わいを楽しもうと心に決めた。あの頃の父のようにカッコよく買えると良いのだが。

「開運招福」はともかく、「商売繁盛」はクリニックには少しそぐわないかも知れないので、購入した熊手は家に飾ろうと思っている。

今年も残すところ一カ月を切った。新しい年を迎えるために神社に出向き、久しぶりに熊手を買うことへの期待に心が騒いでいる。どうやら父の江戸っ子気質を私もしっかりと受け取ってしまったようである。

## スノードロップ

窓越しの暖かい陽射しに春の兆しを感じた二月中旬の日曜日。庭に出ると桜の木の根元のクリスマスローズの大きな群れの陰で、スノードロップの花が咲いていた。鈴蘭に似た白い可憐な花は、慎ましくそこに在って、ひっそりと春の訪れを告げていた。

いつから咲いていたのだろう。誰の目にも留まることがなくても、花はめぐる季節に応えて静かに花を咲かせる。その当たり前のことを、年々美しいと感じるようになっている。

ひとつの茎にひとつずつ、うつむくように真っ白な花を咲かせ、夜になると花を閉じる。それは、まだ寒い夜に備えて暖かい空気を貯め込むためらしい。英語名は「スノードロップ」、雪のしずく、和名は「待雪草」である。

禁断の実を食べてエデンの園を追われたアダムとイヴ。悲観に暮れるイヴを慰めるため、神は舞い落ちる雪をスノードロップの花に変えたとされている。

多くの人がこの花に惹かれるのであろう。世界中に、この花にまつわる伝説が残されている。スコットランドでは、お正月の前にこの花を見つけることが叶うと、翌年は幸運に恵まれると信じられている。ドイツでは、色を持たなかった雪が、色を分けてくれるようたくさんの花々に頼み、唯一その願いを叶えてくれた花がスノードロップだったとされている。

カトリック教会では、二月二日、マリアの清めの祝日である聖燭祭に、スノードロップの花を祭壇に飾る風習があるため、多くの修道院が庭にこの花を植えている。この花の清らかさは、その役に相応しいと思う。

一方で、イギリスの農村では、恋人の死を嘆いた乙女ケルマが、スノードロップの花を摘み、彼の傷口を覆った途端、彼の肉体が雪のしずくとなり消えてしまったと伝えられている。このため、スノードロップの花は、死の象徴とされ、家に持ち込んだり、贈ることは禁忌とされている。

春を知らせるこの花の花言葉は「希望」と「慰め」である。

## あまりに陽水的な夜

昨晩、井上陽水のコンサートのために国際フォーラムに赴いた。先月、古希を迎えた家人のために、長女がチケットをプレゼントしてくれたのだ。前から十二列目のほぼ中央の贅沢な席であった。陽水も七十一歳。デビューから五十年の今回のコンサートは、「井上陽水五十周年記念ライブツアー　光陰矢の如し少年老い易く　学成り難し」と、いかにも彼らしく銘されていた。

われわれも医師になって、それぞれ四十四年目と四十六年目。入口のポスターの「光陰矢の如し少年老い易く　学成り難し」のフレーズに、思わず顔を見合わせ苦笑いしてしまった。

家人と出会った頃、彼の車に乗るといつも陽水の曲が流れていた。一九八四年のアルバム『氷の世界』は日本初のミリオンセラーで、それからもシンガーソングライターとして、ずっと活躍を続けているのに、彼の素顔は意外にも明確には知られていない。

何といっても声、特に高音が素晴らしい。そして歌が上手い。天才的なことば(歌詞)の選び方と並べ方。歌詞の深さと韻。そして、そのことばを乗せる彼ならではのメロディ。

しかし、決して多くを語り過ぎない。良く構成された楽曲なのに、どこか捉えどころがなく自由で、余白を思わせる空間が残る。説明し過ぎないのだ。それは俳句の世界とも通じるように思う。

そのために聴く者は、その空間を自分なりに解釈し、その折々の自分の思いを自由に重ねて楽しむことができる。世代や時代を超えて、彼の曲が残っていく理由かも知れない。

歌詞や舞台での語りから、照れ屋で、自分の本心や思いを知られないよう隠そうとする、彼の自己韜晦を感じる。そこにまた彼の魅力がある。サングラスをいつも外さないことや私生活や自己作品について多くを語らない姿勢もそこに拠るのであろう。

だからこそ、彼の発することばやメロディが、より鮮やかに胸を打つ。「アジアの純真」「新しいラプソディ」「ワインレッドの心」「ジェラシー」「少年時代」「リバーサイドホテル」「ダンスはうまく踊れない」等、多くの懐かしい曲を歌いあげた。「瞬き」等の最近の曲も彼のセンスが輝き、感性の瑞々しさを感じられて嬉しかった。

アンコール曲は「夢の中へ」「傘がない」、そして私が一番好きな「クレージーラブ」であった。同年齢の陽水が元気に活躍する姿から、大いに元気と勇気をもらった非日常的な素晴らしい時間であった。

幼い子どもを三人抱えて、常勤の小児科医師としての毎日を忙しく送る長女が、それでも父親の誕生日を覚えていて、歓びそうなプレゼントを考えて贈ってくれたことに感謝をしながら帰途についた。

# 人生の折り返し

年末から年始にかけて、家人とニュージーランドに旅をしてきた。以前から二人とも興味があった国だが、なかなか実現しなかった。

体力がある今のうちにと、五月頃から計画し準備した。個人旅行にもかかわらず、そして年齢も顧みずに北島も南島もと盛りだくさんの計画を立てた。

まず、クイーンズタウンでは地元の人々に混じって、湖畔に座り込んで新年の花火を楽しみ、ミルフォード・サウンドでは紺碧の波に揺られながら、海面から垂直にそそり立つ山々を眺めて、神秘の入り江での船旅をした。マウントクックでは、国立公園のなかにあるホテル（「ホテル・ヘミテージ」隠れ家という意）に泊まり、氷河クルーズとトレッキングを満喫した。

クライストチャーチでは、天の川に浮かぶ、かの南十字星と満天の星空を仰いだ。

旅行中ずっと、二十二度から二十四度と初夏のような気候に恵まれたが、最後のオークランドでは強い雨と風に見舞われ、念願のホエール・ウォッチングの船は出航しなかった。がっかりする私に、「その分、豪華な最後の晩餐にしよう！」という切り替えの早い家人の言葉に促され、傘も差していられない強風のなか、頭からビニールの合羽をすっぽりと着込んで港に向かった。

世界中を巡っているのだろうか。ホテルのように大きな豪華客船が何隻も、強風をものともせずに色鮮やかにゆったりと漂泊していた。その様子をガラス越しに眺められる小洒落たシーフードレストランで、地元の牡蠣やムール貝やサーモンを、美味しい白ワインと一緒に愉しんだ。

八日間のこの旅で、私の印象に最も残ったのは、マウントクックの山々に囲まれた山道でのトレッキングだった。真っ青な空の下、聞いたこともない小鳥の囀りがこだまし、ルピナスやマウンテン・クック・リリー、コーファイなどの高山植物の花々やキイチゴやベリーが群生する細い道を、片道二時間余をかけて歩いた。

最初は、足の速い彼に離されないようにと必死で付いていったが、途中から「ニュージーランドまで来て急ぐ必要はないな」と思い直し、キイチゴを摘んだり、道を横切っていく野ウサギの親子を眺めたり、見たこともない花々をカメラで撮ったりしながら、自分のペースで歩くことにした。道が分岐するところで待っていてくれた彼と、そこからは最終地点となる湖まで一気に登った。シャツも額も汗ばんだ。

行きと違い帰り道は下り坂。しかもさっき来たばかりの道である。小鳥の声も山々の景色も、道端の花々も、登りを行くときの必死さがないので、余裕を持ちながら楽しめた。あとどれくらい続くのかが不安だった行きとは違って、ホテルまでの距離も分かる。人生もそんなものかと、ふと思った。

仕事や子育てに必死だった時期には見えてこなかったものが、人生の折り返し点を過ぎると、改めて見えてきて、それらが愛しく大切に思えるのかも知れない。

# 恋人たちのための特別な日

二月十三日のヴァレンタイン前夜。外来を切り上げると急いで、家人と待ち合わせ青山の老舗のイタリアンレストランSABATINIに。その夜は、私たちの大好きなジャズ・ヴォーカリストMARLENEによるバレンタイン・スペシャル・ナイトだった。

私たちの席はステージにほど近いピアノの正面。シャンペンを飲みながら、客席を見回すと、ざっと四十人くらいの人がいた。こんな少人数でMARLENEの歌を聴けるなんて、贅沢な夜だなぁと嬉しくなった。

やがてステージが暗くなり、ギターとピアノのジャムセッションが始まった。バークリー音楽院を卒業し、シンディ・ローパーやポール・マッカートニーのツアーにも参加した吉田次郎のギターも、ピッツバーグ大学でジャズの講師を務め、アメリカ東海岸でジャズ・ピアニストとして活躍したクリヤマ・マコトのピアノ演奏も、いかにもプロの仕事ぶりで、軽妙で洒脱な演奏に会場から何回も拍手の渦が起きた。

そして、いよいよMARLENEの登場。シンプルな黒いロングドレスを纏って滑るように登場。甘く囁くように「マイ・ファニー・ヴァレンタイン」を歌う姿は、相変わらず見事な女っぷりであった。歌の旨さはもちろんのこと、エキゾチックな美貌そして鍛えているだろう見事な肢体、気の利いたトーク、ジャズ・ヴォーカリストとして、いくつもの恵まれた資質を兼ね備えていて聴く者を魅了する。五十歳を過ぎてからさらに魅力的になったように思う。

この曲は「ヴァレンタイン」という恋人の名と「ヴァレンタイン・デイ」を重ねて一九三七年、リチャード・ロジャースとロレンツ・ハートにより作詞・作曲された曲で、それ以降、マイルス・デイヴィス、チェット・ベイカー等多くのミュージシャンから愛され、長く歌い継がれている。

スローでやや暗い旋律だが、歌詞を勝手に意訳すると「いつも私を笑わせてくれる恋人。あなたは私を心から笑顔にしてくれる。容姿がいまいちでも、会話が洒落ていなくても、あなたは私好みの芸術作品よ。ずっとそのまま変わらずにいて。そうすれば毎日がヴァレンタイン・デイなるから」といった内容にでもなるのだろうか。

ヴァレンタインの由来は、三世紀頃のキリスト教の聖職者ヴァレンティヌスの逸話からとされている。その頃のローマ帝国では、婚姻は兵士の戦意を削ぐとの理由で禁止されていた。そうした風潮のなかで、ヴァレンティヌスは、恋人たちの恋愛を認め永遠の愛を誓わせていたが、やがて帝国の知るところとなり処刑される。ヴァレンティヌスは、愛を守った人物として語り継がれ、彼の命日二月十四日は「恋人たちの日」として世界中から祝福されるようになったそうだ。

たまにはちょっとお洒落をして大人ならではの、ちょっと贅沢な夜を夫婦で楽しむことも悪くないなと思った。

# 美青年クロッカス

二月初めの日曜の朝。冬枯れた庭に彩りを添えたくて、パンジーとストックの苗を植えるために庭に出た。そこには、思いがけず、静かな春の息遣いが満ちていた。

いつの間にかクリスマスローズの大きな株は、純白の蕾をいくつも重そうに抱えて俯いていた。瑞々しい緑の大きな葉が、それを隠すように繁っていた。その株の傍で、秋に植えたチューリップが可愛い芽を並んで出していた。

先週は、目を凝らしても見つけることができなかったクロッカスも、いつの間にか可愛い葉をツンと出していた。小型の球根草花で、茎は四センチほどしかなく、地上すれすれの位置に、黄色・白・紫などの鮮やかな花を付ける。一斉に咲き始めるさまは、真っ先に春の訪れを感じさせ、小さな花なのに存在感がある。

大好きな花なので、庭のそこここに、白や藤色、そして紫と白の絞りのジャンヌダルクという種類を、それぞれ群れるように咲かせて楽しんでいる。

花言葉は「青春の喜び」と「切望」。「青春の喜び」はその昔、ヨーロッパで春の訪れる告げる花とされていたことに由来するらしい。「切望」は、暖かい春を待ちきれずに、まだ寒い早春に咲くためであろう。つい最近、花の色で、花言葉が違うことを知った。白いクロッカスは一般的だが、紫と黄色の花には特別の花言葉があり、紫は「愛の後悔」、黄色は「私を信じて」だそうである（まずい、私が好んで植えているのは紫や藤色のクロッカスである）。

クロッカスに因むギリシャ神話がある。美しい青年クロッカスが、羊飼いの娘スミラックスと恋に落ちる。しかし、その恋は神々の反対にあう。クロッカスは絶望から自ら命を絶ち、スミラックスもそのあとを追う。二人を哀れんだ花の女神フローラは、青年をクロッカスに、娘をサルトリイバラ科のスミラックスの花にしたという。

花が咲き終わり、葉が伸びたあとで球根を掘り出し、十月頃に植え直すことが理想だが、わが家では植えたままに。それでも毎年きれいな花を付け少しずつ殖えていくほど丈夫である。ただし、開花しているときの水遣りには注意を払う必要がある。花に水がかかると、すぐに溶けるように縮んで萎えてしまうからである。

## 銀座ルパン

いろいろな事や物が目まぐるしく変化していく現代。あちらこちらで工事が進んでいく銀座の町も例外でない。訪れるたびに新しいビルが誕生し、日々変貌を遂げている。あまりにも急速に大きな規模で変わるので、工事用のフェンスで囲まれた空き地を前にすると、解体前にどんな建物が存在していたのかさえ思い出せないこともある。

さすがにマリオンの前、晴海通りを挟んだ場所にできたフェンスに囲まれた空地に、かつて数寄屋橋阪急が存在していたことは記憶に新しい。数寄屋橋交差点のシンボルのような建物だったから。時代に逆らって昔のままの姿で残ることは困難なのだろうか。だからこそ、こんな時代に、時代に媚びずに生き延びているお店は奇跡的なのだろう。

医師会の休日診療室で、何気なく手にした雑誌に、とても懐かしい店が紹介されていた。叔父に連れられて、その店を訪れたのは、もうどれくらい前のことだろう。

私が、医学部に進学したお祝いに銀座で食事をご馳走してもらった折、帰りに立ち寄った。逆算するともう四十五年も前のことになる。それなのに、その頁をめくった途端、まざまざと当時の記憶が蘇った。

なぜなら、その頁に掲載されたその店のようすは、当時とまったく変わっていなかったからだ。その店とは、バー「銀座ルパン」だ。

地下に下りる階段、ほの暗い店内、レトロな照明器具が醸し出す柔らかい明かり、そして長く厚い飴色の一枚板のカウンター、そのどれもが、あのときと同じに昭和の雰囲気をそのまま残して息づいていた。当時、奥の席に着いてはじめて、椅子の上に足を崩して座し、笑みを浮かべる太宰治のあの有名なポートレイトが、このバーのカウンターで撮影されたものと知った。太平洋戦争後、再開したこの店は、坂口安吾、太宰治、織田作之助らのいわゆる無頼派のたまり場だったという。

昭和二十一年、写真家林忠彦により撮影された三人のポートレイトが今も、店の奥に飾られている。その折、坂口安吾を好きだった叔父が、私に写真を見せながら、何か熱心に説明してくれたことは覚えているが、残念ながらその内容は記憶にない。今も文学を好む人々にとって、かつて若き文士たちがグラスを傾けながら語ったカウンターの隅の席は、特別な憧れの席であり続けているそうだ。

織田は、撮影の翌年に亡くなり、ほどなくして太宰も自死した。そして、私に大人の世界を垣間見せてくれた叔父も、もういない。

ただ、バー「銀座ルパン」だけが静かに残り、昔のままの姿で昭和の物語を後世に伝えている。初代オーナーは高崎雪子さん。菊池寛、里見弴、泉鏡花らの錚々たる文士が、彼女の美貌と心配りの見事さに惹かれ日参したという。今はその長男の龍彦氏が、お店を継承し、客が寛げる店にと心を砕いているという。近々、また訪れてみたい。

## シェイクスピアの謎多き数年間

「簡潔は知恵の魂」

「人生は善と悪をよりあわせた糸で編んだ網だ」

いずれもシェイクスピアの言葉である。

前者は「ハムレット」、後者は「終わりよければすべてよし」の劇中の有名な台詞だ。

他にも、「マクベス」の「綺麗は汚い。汚いは綺麗」、「オセロー」の「貧しいが満足している者は豊かである。十分豊かである」、そして「リア王」の「生まれたときに泣くのはな、阿呆どもの大舞台に引き出されたからだ」など、人生の神髄に迫る、印象的な台詞は枚挙にいとまがない。

ウイリアム・シェイクスピアは、一五六四年イギリスの田舎町ストラットフォード・アポン・エイヴォンに誕生した。十八歳のときに恋に落ち、八歳年上の女性アン・ハサウェイを妊娠させて結婚。最初に女児、二十歳で男女の双子の父親となるがその後、忽然と失踪する。

数年後、二十六歳で突如、ロンドンに「詩人ウイリアム・シェイクスピア」として登場し、宮内大臣一座の座付作家として、優れた戯曲を次々に発表し、めざましい活躍を続ける。

この謎の数年の時期に、いったい何があったのか。十分な教育を受けていない彼が、なぜ偉大な劇作家になれたのか。謎が多い。

作家の人間像が、はっきりと見えてこないことが、台詞の解釈を観た者の自由にさせ、作品に多面性を持たせ、魅力的なものにしているのかも知れない。これが「万の心を持つシェイクスピア」と呼ばれる所以であろう。

当時のロンドンは、芝居好きなエリザベス女王の庇護を受け、イギリス演劇が勢いを持ち、傑作が多く生まれていた。こうした時代的背景のなかで、シェイクスピアは、その才能を十分に花咲かせ、エリザベス女王からも世間からも天才として受け容れられた。

しかし、一六〇四年からの二年間に、「オセロー」「マクベス」「リア王」と相次いで優れた悲劇を完成させると、四十七歳の若さで断筆宣言をし、故郷に戻る。
これらの三作品はのちに、先に書かれた「ハムレット」とともに四大悲劇とされ、彼の代表作となる。

彼の長い不在のあいだに、父ジョンと母メアリはすでに他界したが、妻アンは存命であった。そして長女スザンナは医師と結婚し女児の母になっていた。

最後に精魂を傾けて完成させた作品「オセロー」「マクベス」「リア王」の主人公たちは、いずれも、人生の終焉に差し掛かり、さまざまな人生の問題に直面し悩み苦しんでいる。

地位も財産も名誉も手にした彼が、これらの作品を執筆しながら、自分の人生と主人公を重ねて自らの人生の引き際を模索していたのではないだろうか。

一六一六年、五十二歳で死去。奇しくも誕生日と同じ日であったという。死因もまた謎に満ちているという。天才的な戯曲家である彼だが、自分の人生をも演出していたのではと思えるような数奇な人生である。

今年は没後四百年に当たる。そして彼の作品は、時代を超えて今なお、世界中で生き続けている。

## そうか君はいないのか

二〇〇八年に新潮社から刊行された城山三郎氏の「遺稿」、「そうか、もう君はいないのか」を読み終えた。七年前に逝った妻への切ない思慕が綴られていて、まるで珠玉の恋文を読んでいるかの感を受けた。

五十数年も前の出会いの場面。図書館の前に偶然現れたオレンジ色がかった明るい赤のワンピースを着た初対面の妻への印象を「間違って天から妖精が落ちて来た感じだった」と臆面もなく表現している。

そして癌の精密検査を受けた妻が、緊張して待つ氏の元に、わざと明るく「ガン、ガン、ガンちゃん　ガンたらら」と唄いながら戻って来る場面。その健気さに思わず苦笑いし、あまりのことに掛ける言葉が見つからず、代わりに両腕を大きく広げて、その中へ飛び込んできた妻を抱きしめ、「大丈夫だ、大丈夫だ。俺が付いている」と、何が大丈夫か、解らぬままに夢中で「大丈夫」を連発し、腕の中の妻の背を叩いたと記している。

二人で過ごした人生の、ひとつひとつの場面をこうして鮮明に記憶にとどめ、しかもその時々の思いまでをも明瞭に辿ることが出来るのは、作家としての視点や記憶力に拠るだけでなく、氏が二人で過ごす日々を大切に愛しんで紡いで来たからであろう。

「輸出」で文学界新人賞を受け、その後「総会屋錦城」で直木賞、「落日燃ゆ」で吉川賞、毎日出版文化賞などさまざまな賞を受賞し、「男子の本懐」「黄金の日々」「硫黄島に死す」など多彩な作品を残し、菊地寛賞、朝日賞を受けた氏。

確かな視線で、「人の生き方」を探求し、骨太の筆で小説を著した城山三郎氏であるのに、妻に注ぐ視線のなんと慈愛に満ちていることか。

　写真で見る氏の眼光鋭い硬い表情と、妻への心情の吐露とが重なりにくいが、有能で無骨な男性のストレートな愛情表現にむしろ清々しさを感じた。

　妻の死に打ちのめされながらも、最期にこの作品を残したのは、支え合って生きた妻への感謝のレクイエムのつもりだったのかもしれない。

　この作品のなかに四十代後半の頃に書いた詩がある。

しばらくして　おだやかな寝息が聞こえる
小さく透明な波が　寄せては引く
これも律儀だが　冷たくも不気味でもない。
起きている間は　いろいろあるが
眠れば　時計より静か
「おい」と声をかけようとして　やめる
五十億の中で　ただ一人「おい」と呼べるおまえ
律儀に寝息を続けてくれなくては困る

　城山三郎をして、ここまでの詩を書かせるとは、夫人もまた女性冥利に尽きる見事な一生であったと思う。

## 新聞と青年

二〇〇九年一月二十四日の讀賣新聞に「フランスのサルコジ大統領が、三年間にわたり十八歳の青年に日刊紙を自由に選択させ一年間その購読料を無料とすると発表した」と伝える小さい記事を見つけた。

さすが文化の国フランス。青年の活字ばなれを阻止し、国ぐるみで青年の社会性を育成するための施策なのかと興味を持った。十八歳としたのはフランスでは選挙権を得る年齢だからであろう。

たしかにインターネットの方が、新聞に較べ情報の伝達が速く情報量も豊富である。

青年層の活字ばなれ新聞ばなれが進むのも頷ける。しかしインターネットではどうしても自分の求める情報だけに偏ってしまう傾向がある。その点、新聞は紙面にいくつものニュースが掲載されているため、自分の興味の対象からは外れた記事や見落としていたニュースを入手できるという利点がある。記事の切り込み方やコラムニストの視点に学ぶことも少なくはない。

サルコジ大統領が「新聞購読の習慣は若いうちに身につける必要がある」ともコメントしているのも納得がいく。

しかしこの施策が出来た背景を調べてみると、単にそれだけでの理由ではないようである。ご他聞にも漏れずフランスでも新聞の購読者は減少を続け、さらに景気後退などの理由で広告収入が減少するなど新聞社では恒久的な経済危機が続いている。今回の施策はこの経済危機の解消をも目的としたものでもあるらしい。

むしろその方が重要な意味合いを持つのかもしれない。数年前から危機への対策として、政府と新聞社を中心とするメディアそして購読者の三者による「三者集会」が開催されており、地方紙では既に無料配布の実績があるそうだ。具体的には二〇〇六年以来、四十一の地方紙が日刊紙を十八歳から二十四歳の青年を対象とし、週に一度新聞を無料で配布している。

その費用の約四億六千万円を政府と地方紙が折半したとのこと。無料配布の結果として、地方紙では十五パーセントの青年が引き続き有料で購読し、日刊紙が開設しているサイトやブログへのアクセスが爆発的に増加したそうである。この点では十万人ともいわれるフランスの活字業界の従事者への有効な雇用対策だったといえる。

このように青年層にも新聞社にも共に利益をもたらす優れた施策には違いないが、政府の支援をうけたマスコミが、サルコジ政権への批判の矛先を鈍らせてしまうのではないかとの穿った考えが頭をよぎるのは私だけであろうか。

## ナタリー・コール

青山の骨董通りから少し入った所に、大人のための粋でお洒落なジャズクラブ、ブルーノートが在る。私たちはその夜、ナタリー・コールの歌を聞くために、そこに出向いた。

二年前に患った不慮の病により車椅子での生活を余儀なくされた彼女が、懸命のリハビリ治療により回復して戻って来たのだ。

開演を待っていたウェイティング・バーで、シャンパンを片手に会話をしている、とびきりお洒落な年配の外国人のカップルを見かけた。唸るほど見栄えの良い二人であった。

その夜のナタリーは、青みを帯びた銀色の、身体にぴったりと沿うセクシーなドレスを纏って登場した。「THIS WILL BE」「MISS YOU LIKE CRAZY」などを、エレガントに滑るように歌った。どれもがため息を誘うものであったが、最後に忘れられない演出があった。

それは、最新技術によって可能となった、亡き父ナット・キング・コールとのバーチャル・デュエットである。背景の大きなスクリーンには、ビロードに例えられた美声で「アンファゲッタブル」を唄う若き日のナット・キング・コールの映像が流された。その映像と音源に合わせたナタリーとのオーバーダブにより、父娘の「共演」が実現した。次々と流される幼い頃からのナタリーの映像。そのどれにも、威厳と慈愛の眼差しで彼女を見詰める父、ナット・キング・コールの姿があった。

一九七五年のデビュー作「インセパラブル」で、いきなりグラミー最優秀新人賞と最優秀Ｒ＆Ｂ賞を受賞。さらに翌年「ナタリー」で再びグラミー賞を受賞した彼女だが、八〇年代に入り、すっかりヒットから見離され、麻薬に溺れる不遇生活が続いたが、一九八八年「ピンク・キャデラック」で見事に復活。翌年には、「MISS YOU LIKE CRAZY」が全米シングルチャートの一位に輝く。

しかし、彼女をして不動の地位へと導いたのは、間違いなく一九九一年に完成した、父親のカバーアルバム「アンファゲッタブル」であろう。

このアルバムは、全米ポップアルバムで五週連続一位を記録し、グラミー賞で七部門を制覇している。どん底から見事に復活した愛娘の活躍にキングもどんなにか安堵したことだろう。

ナット・キング・コールの大ファンで、とりわけ「アンファゲッタブル」を好み、よく聴いていた亡き父と、このステージを一緒に楽しみたかったとの思いが胸に強くこみ上げた。

## きよしこの夜

高校時代の友人に誘われ、介助犬育成のためのクリスマスコンサートに出向いた。会場であるサントリーホールの周辺、六本木の街はセンスの良いクリスマスの装飾が施されていて、日常を抜け出したような感があった。エレクトール・アンサンブルと名付けられた三人の女性による演奏会で、そのうちの一人が高校時代の同級生である。

「ラストクリスマス」「ハレルヤ」「アメージングクリスマス」「きよしこの夜」などのクリスマスソングの名曲が、エレクトーンならではの斬新なアレンジで、美しい魅力的なハーモニーとして届けられた。毎年、聴いているクリスマスソングであるが、曲の生まれた背景を知る機会はあまりない。

このコンサートで、「きよしこの夜」の誕生にまつわる心温まるエピソードを知ることができた。一八一八年のクリスマス直前、オーストリアのザルツブルグに近い小さな町、オーベンドルフでのこと。牧師であるヨゼフ・モーアは、クリスマス礼拝の準備のため訪れた教会で大変なことに気付き驚愕した。なんとパイプオルガンの音が全く出ないのである。教会のネズミがパイプを齧ってしまったのだ。

雪が降りしきり、クリスマスまでわずか数日。修復を諦めたヨゼフは、ギターの仲間であり作曲もする、フランツに助けを求めた。ヨゼフがほぼ即興で詞を書き上げ、クリスマス当日にフランツが曲を付けて演奏を。最初、戸惑っていた聴衆も、やがて、ギターが奏でる美しいメロディに魅了され、心を奪われたそうだ。二人に才能があったことはもちろんであるが、何としても村の人々のクリスマス礼拝を成功させたいとの思いが神に通じたのだろう。

こうして、作詞ヨゼフ・モーア、作曲フランツ・グルーバーによる、名曲「きよしこの夜」が誕生した。その後、三百もの言語に訳されて、讃美歌一〇九番となったこの名曲は、ネズミを使った神様からのプレゼントかも知れない。

この名曲とともに、このエピソードがこれからも語り継がれることを願っている。

# おわりに

十五年間にわたり書いてきた原稿を読み返してみて、季節から私が受け取った贈りものの素晴らしさをあらためて実感している。

季節ごとの行事、花々や樹々のようす、果実の実り、気候の変化などなど。それらの季節の営みから、たくさんの気づきや歓びや励ましを受け取ってきた。

厳しい冬の寒さが去り、待ちかねたかのように可憐なスノードロップがひそやかに咲き出す。次いで河津さくらが春に先駆けて桃色の花を付け、かぐわしい香りを漂わせながら白梅の蕾が綻び出す。そして、クリスマスローズが俯き加減に群れるように咲き、クロッカスが地上すれすれに可愛い顔を覗かせ、丹精込めたイングリッシュローズがたくさんの花芽を抱える。

こうして毎年、季節の移ろいとともに、ほぼ同じような順序で庭の花々が咲いていく。その度に、わくわくしながら、再び出会えた幸せを噛みしめている。

どの花が勢い良くたくさんの花を咲かせるのか、どの花がもっとも美しい花色を呈するのかは年ごとに異なる。

きっと、その年の気候によるのであろう。そのため、年ごとに庭の光景は少しずつ変化し、おもむきも違ってくる。

しかし、どの年も、季節は同じようにしずかに巡っていく。一年に一度、たった数日だけ咲く花々との邂逅を年々愛しく大切に思うようになった。

誰が見ていても、そうでなくても、花々は、それぞれの季節に与えられた生命を精一杯に輝かせて咲き、やがて人知れず静かに散っていく。

年々、そのことを当たり前のことではなく、計り知れないほど神秘的で素晴らしいことだと感じるようになっている。たわわに実る柚子や山桃にも生命の不思議さと感謝を思い愛しさが募るようになった。

若い頃は、毎日を精いっぱい過ごしていたため、気付かなかったささやかなことに、歳を重ねた今、歓びや美しさを見出したり、励ましや癒しを感じるようになった。

歳を重ねることも、なかなか素敵なことと感じている。

これからも、ささやかな小さな幸せを大切にして毎日を紡いでいきたい。

出版に際して、ご尽力頂いた皆様に改めて感謝致します。

【著者】
澁井展子
…しぶい・ひろこ…
東京生まれ。小児科専門医、小児神経専門医、東邦大学小児科客員講師、昭和大学小児科客員教授。しぶいこどもクリニック院長。1978年、日本医科大学卒業後、日本医科大学小児科学教室に入局。1982年、同大学大学院研究科修了、博士号取得。1984年より国立小児病院神経科、日本医科大学小児科に勤務。1994年より東急病院小児科医長を勤め、2000年9月、しぶいこどもクリニック開院。主な著書には『はじめての育児・男の子』『はじめての育児・女の子』(大泉書店)、『乳児期の親と子の絆をめぐって』(彩流社)等がある。

[装画]
下和田サチヨ

Sairyusha

季節《きせつ》のおくりもの　私《わたし》の調心記《ちょうしんき》
二〇二〇年四月十日　初版第一刷
二〇二〇年五月一日　初版第二刷

著者――澁井展子
発行者――河野和憲
発行所――株式会社 彩流社
〒101-0051
東京都千代田区神田神保町3-10大行ビル6階
電話：03-3234-5931
ファックス：03-3234-5932
E-mail：sairyusha@sairyusha.co.jp
印刷――明和印刷(株)
製本――(株)難波製本
装丁――中山銀士＋金子暁仁


ISBN978-4-7791-2665-9 C0095
http://www.sairyusha.co.jp